嘴臉

陳克華 —— 著

我想知道，真的當這些嘴臉，知道自己在死亡面前毫無作用時，會是怎樣一副嘴臉。

目錄

第 1 章　城市生活

錯誤

像口袋正確催無誤地

像尊常上班大衣條餅乾乾乾

再包在像——小片

你從

「在緊抱也急地扶不到

像口袋裡正確催無誤地

也需要時尚地鐵裡有地走在

扶不到永遠時動彈不能可在上班

——永遠動彈不能的厲那樣族的口袋

得且碎之物上

再包進地鐵裡可在上班族那樣的口袋帕裡

有走在班族那樣的手

——正仔細塊錯塊整

再小從包裡錯塊錯

你從裡錯誤錯誤切下

一切是切下

是如此」

然而錯誤永遠
適時出現——
當這個世界的手伸進了你的口袋

觸碰到了那塊
錯誤。

二〇一六年一月五日

過馬路

突然
仿佛走在小綠人
班馬身後以看見路邊

狼虎豹後——匹斑馬的個小

然後所有動物——條狹群族慌亂
奔馬動姿態的小綠人
躲然的危橋上來過馬路

被踐踏而過的班馬的屍具突然都突然停在路邊
的屍體。

二〇一七年

樓梯間

我衒頭流浪漢似地撿了幾件在懷裡

剛中產。當個格。單身。常常旅行——

但這個主人的形象已呼之欲出……

洗衣店釘上的格子襯衫和長褲和運動衫和緞帶

嶄新的齊整齊置著

看見了那個被我丟去垃圾時

星期六那位樓梯間的房客留下了一箱衣物

不知哪位樓梯間

地下室的樓梯間

掩自己的耳目閃入電梯

低頭避開一連串監視器
來到穿衣鏡前迫不及待穿上

另一個我。

二〇一五年十月六日
二〇一七年一月二十八日 in Taipei

打了兩次

這家店的衣服是國外名牌店
打下來的
——
這家店的衣服是國外名牌店
打下來的 過季
這家店的衣服是國外名牌店
打「」字：

這家店的衣服是國外名牌店舖品
這家店的衣服是國外名牌店舖過季

為什麼這家服裝店
連用眼詳細這麼為什麼這家服裝店
他

我走進每買
就賺進不只一件
「......」

底層的樓上
下兩層
暗層的甬道
衣架成的巨型森林

打從心底湧起遮天蔽日的購買慾潮。

打從心底。

二〇一七年六月二十四日

假日上班記

像空洞洞的清晨

我悄悄洞的情造訪人類

和的靈魂延續著已經

振幅而飽滿，走在上班必經的路上

我的情造洞的速度

像萬里而度魂訪清晨

走在上班昨日總已類長

必總的路上

昨日已離了的空城

我看見
在最不起置
隨意辦選才
日子空望萬里而長
天空裡長征的第
剛剛拆封——天

我掛在建築物
淡色的陰影裡

我看見一只終於起置
隨意辦選才在訊用剛拆封
日子空望希望的夢期

建築物淡谷的角落

掉落的風箏

淡色的陰影裡

……

二〇一六年二月二十九日

老人公車(1)

公車駛來車上擠滿半價乘車的老人
和完全免費乘車更老的人
他們像郊遊的學生興奮而聒噪
在市區依然穿戴一身野外活動的配備
永遠防曬並不停喝水……
「今天天氣真好……」他們說。
潛臺詞是：希望天氣永遠這麼好。
之潛臺詞是：他們會永遠享用天氣這麼好。
之潛臺詞是：他們永遠都享用得到。
之潛臺詞是：…………………………
之潛臺詞是：他們會永遠活著。下了車
他們繼續占領橋樑，車站，公園和餐廳
他們繼續讚美天氣多美好
他們繼續活著。他們眼看
就要永遠活著。

二〇一七年六月八日

老人公車（2）

每天早晨天光才微微
508 路公車載了滿滿
一車子爬山運動的
老人下山

然後 224 載了一車子
跳土風舞的老人下山經過我·不停

然後 033 載了一車子
洗溫泉的老人下山經過我·不停

然後 112 載了一車子
參加早市的老人下山經過我·不停

然後 601 載了一車子
打太極拳的老人下山經過我·不停

然後 777 載了一車子
晨泳的老人下山經過我·不停

住在山下的我於
是
決定每天
目送這一班班
客滿的公車
呼嘯疾駛而過

攻早我一步
占了
人生的
終點。

二〇一七年一月一日 in Taipei

燒殺
斯斯
掠奪者

金錢基本教義派
我們是資本主義戰場的
派出的紅衛兵

風風光光上戰場
風風光光的面具
——

像蘭陵王冠冕整齊描畫五官
我們衣冠楚楚戴上面具
——

譬如：家庭・愛情・婚姻——這些事物
之後成就我們禮讚
被我們催眠
愛情總帶美化了

上班

輕易信仰著．工作

工作工作工作能救贖我們的靈魂——但
無論如何
全地球只生產五塊餅和兩條魚
再公平分配
也養不活我們燎原的野心

填不平恐懼
的無盡深淵：下班
就像從深淵裡爬上來
一尾決心適應陸地的魚
溼漉漉地匆忙上路
向著遙遠的海市裡的宮殿．那裡
那裡供著家庭．愛情．婚姻——

在洪水過後的大地．人類走出了
一條通往所謂文明的曲徑
中途殍屍白骨無數

路邊臀戰車翻覆
有幻覺的魚籠覆蓋

明日的酷感於
活潑的輾轉

完全
就要曬乾
渡而歡躍

從日的當中悠眠的狀於

相互催眠的鱗和鰓……

二〇一二年三月二十一日 in Taipei
二〇一五年九月二十三日

街角

「那個街頭藝人不知何時離開了……」
我看見
那裡原本站著一座雕像
動也不動，勾引你駐足——

如今那裡塗著一塊祕覺的立可白
天使不時灑下音樂的金粉
我匆匆路過
但不得不停下腳步

發現
手中還緊握著
那枚應該早早投在

帽子裡的銅板……

二〇一四年九月
二〇一七年

冬冬

冬冬是我的狗
他當我是我的狗
我在他巨大的眼中看見
他——躺在床上看書——有一天
強大的他縱身而上我的身軀
純粹和我的
就是我撫摸
他的頭只為恐懼而結
他嚙咬地取暖然後枕在他的床單
這時，細細舒服地為了權
然後他輕輕豎起
物的召喚的聲響——這時
食物的出發
他聽著荼香向他豎起耳朵
——這時廚房

他就是一隻低等的獸物。

冬冬過世多年後
我經常想起他衰老的模樣
消瘦而脾氣暴躁
完全是個絕望的老人。那時
我彷彿

正追憶起一位
路過人間的神祇。

二〇一七年二月十一日 in Taipei

歌

你
你聽見那春歌
聽見那人遠遠走過
呼著聽見你自己的歌
身邊走來

以占跟隨你
他攏隨你
的曖昧的
像圍繞
古老
傳統的
控制的鬼
魅附身
——你

不知哪來的
曲調
無法再
聽見你
低低
的歌

於是春歌走過那人遠遠
低
呼著聽見你自己的歌

調一音你
你予初你
想起不
想起自然
會的歌

以他攏你
小時有自此親
權播己聽
放聽得見
的方式

廿四小時只有此權放

你甚至完全漠不經心
那首歌的歌詞
原來就是你的
墓誌銘。

二〇一七年七月三日

婚宴日

喜神和馴神很大方，
赴千里迢迢餐飯
為兩個人的
我們這一天最大
的合法性
紛紛被召喚。

一切穩妥了？
像日月星辰也
佈下古老的坐定
古老的巨祝福的位置⋯

新人（迫不及待）
可以行房了？

二〇一六年四月五日

捻著晨勃

捻著晨勃讓妻子懷孕
股票逢低買進
大水發府

捻著退潮時
上淺灘撿回一些海草貝類
魚類破碎的眼球

迷途者的足跡……

捻一個人眼神透露出無助
奪走他最在乎的一切

再告訴他：
「最近
我都不太晨勃了……」

二○一七年七月四日

電影院

很久不曾在劇院前站著等電影開場。許許多多的時候

俊男美女——紅男綠女——男男女女

他們和我一樣在——

冷空氣們神情愉悅

電影之後的艦算行程

心中各自盤算著洛豪隨意笑

也曾洛豪隨意說笑

四散

——從——一張床——一個吻——到

——輛車——到一個婚禮——

——個孩子——一個家

（或各自的人生行路……）

但我只是來看電影的

付費後走入
一個別人的夢境
——當周圍人都先後離開了

（如電影開演前的盤算——）

只有我還久久停留其中
回味、思索——

一如我的夢
孤獨活在人間……我願

我是那最後一個離席的。

二〇一五年九月四日

解夢人

現實著夢的洪水的身後已經漫至夢的頸項

你循著我『真實』是來推銷……「夢目前並不需要地醒來嗎？」

夢的無從著夢的表情的疲憊面上看見車水馬龍的感臉孔

說：……對夢站在你們家講機你在樓下？可以讓我進來嗎？他按了兩下

遠慶黃水汪洋
冒出點點鳥獸蟲魚

一條蛇從夢的嘴裡鑽進了門縫

二〇一六年十二月二十八日 in Taipei

名嘴

是意思是
有名的嘴
人口吐蓮花的他，
肉不曾放開咬住
擁（她）有一張

只是稱人
擁有更多他（她）人平等
一些比你

把每晚的電
塑進他（她）都有一套劇本
嘴裡 平等。

囑他 他
咐（她）
了之後再唱啦

吐進你嘴裡。

二○一五年十二月二日

無言的歌

我心中住著
一名菩薩·
和遺忘的親人——一位尊貴的朋友·
和不曾忘的愛人，和菩薩的鐺樣·
和我眾多的天使

性情不曾忘的
暴烈的謀人·
曾養過的先祖們·

和收藏的我收
望過的滋養過的
浮石漂過的狗
落日木
吃過的魚
打死的蟑螂

他們或許更多時有時候
不曾在雲端從地上湧出
曾在雲端浮著普面對向我‥
感覺我寫過行走——
我寫過——
說了或說過
什麼‥
倒是

對我的笑和哭泣十分介意
拿他們譜成歌：

「天堂不使用文字……」天使解釋說。
「地獄也不存在人間的旋律……」菩薩附和──

那就讓身體盡情地歌唱罷！
我自言自語：就讓

我的背上長出翅膀
頭頂生出圓光，手腳四肢生出鱗片鬃毛
行盡鳥獸蟲魚之事：

「但其實隨時都聽得見
內心那無法停歇的無言的歌……」我的詩

後來是這樣寫的：盡管
知道人世生活的真相
無人能解

無言的歌　045

現實與夢境

但現實與夢境一同浮現

時而濃烈時而隱晦——太陽照亮

初子正午的天使

時而濃烈初夜的菩薩。

二〇一五年三月

天天向上

都說明天會更好——好消息！
好消息傳來
明天已經占據了地球上
人類所有的位置

而我只能繼續被歸類於今天
和一堆報廢或瑕疵品放在
同一個抽屜深處。絲毫聽不見
希望的機器完美的運轉聲——

每當一覺醒來
發現原來的明天已經成為昨天
新的明天
占住原先的位置
繼續努力

天天向上。

二〇一六年五月十日

反義詞

我們總經常經由反義詞
來認識一個詞——一個詞
不是嗎？譬如說
愛

只能
來表示
全世界最遙遠的距離，
透過冷漠、無動於衷、根本、

我們只能理解
人生的反義詞的解。

所謂生命的塊——塊
的里程碑砌起
金字塔的解。

無數個
蹣躍欲試的
羅曼蹣躍之名所繫的
動員以愛之名的無根荒蕪的
輕易攫獲的

心的奴隸⋯⋯

二○一六年四月二十二日
二○一六年十月二十八日

會是我多年前
戀情人的
大學室友的
國中家庭教師的
小孩的
奶媽的第三
個小老婆的
私生子之一？

會是我表姊夫的
前同事的
三嬸文的
高中老師兼
週末女友的
樓下老鄰居的神
秘乾弟弟？

他
短小、精神、顯露老態、毫無距離感、最短的電梯
目光略此人同時走進了這個矮
著衣著、額頭和自己打量
整理自己……樣笑

做兩個我們同時——
就能把全世界每個人都
譬初對這世界每個層關係
做這個傢伙……
「……」起來

電梯裡

會是我前前丈人的昔日老戰友的失散多年的遺腹子？

會是我乾媽的同父異母的自小的被遺棄的哥哥？

還是才從情人的床上離開

我們共乘一部電梯

同時趕赴

另一張

床

？

二○一七年八月十三日

金錢的眼淚

每一個無表情的人頭

可能一夜的幣值作廢

同時企圖爭得永恆叮叮噹噹

和頭像。但兩者不斷變動起伏

相對淚·每一枚眼淚都有

立的兩面：將幣值有

落淚開始叮叮噹噹架吃角子老虎優住了

像——

眼淚哭泣著鐵將

你哭泣著錢將

叮叮噹噹著錢將

都永遠記得叮叮噹噹

自己曾經流下的數字……

二〇一六年十一月二十七日
二〇一六年十二月十六日 in Taipei

白

我在應該放「……」你應該把
洗白色的衣服分開來

在這些白色後。又立即做了。
從洗衣機拿出一件衣服時
我照做了

它們深淺的顏色
或者讓我覺得更白
我覺得更不白

可是我們只是一群深白──
他們都叫它們做──
白。

二〇一六年十月十二日

有所事事

有一個每個人都
有所事事的下午。

霸占一個咖啡館所有的
每個所事事的午後，桌面被所有的事

雖然有幾隻錄音手機筆
紛紛蓋著錄音機筆

試圖記錄所有的事
維區裡所有的若有其

有鋪補地發生。有些字
那麼試圖發生。一些字

於是下城區力激盪會試圖子
足是下事。實事會關力激盪會

草草了事，

麼重來是。

事
便都從咖啡杯裡
滿溢了出來

漫向全世界所有的咖啡店：「
先生不好意思有訂位嗎我們已經客滿了⋯⋯」

「太好了．」上帝手中接過一杯咖啡
享受著天上一個下午的
無所
事事。

二〇一六年一月七日
二〇一七年

靜

關掉客廳
關閉所有的除濕機時
安靜突然襲來
才發現原來自己活在噪音裡

又發現原來
把電視、電腦、手機，甚至是電燈，關了冷氣——
於是

關掉眼睛
顯得豐盛
層層的洋洋的湧來
像安靜、電視、電腦、冷氣、手機，甚至是電燈——

關掉思念
層層疊疊的
至全層層剝開——
和

關掉微笑
眼睛對眨動的洋洋的——

關掉飢餓

聽不見
頭髮掉落的聲音

關掉所有開關的門窗

關掉門口疲倦的門鈴
關掉所有星光

安靜
化做天籟

坐在沙發深陷的那端。

二〇一五年十月
二〇一七年九月

拆老房子

拆老房子之一

現代人和技巧從前人蓋房子時
才發現房子和技巧從前人蓋房子時
用心和發現房子的許多細節和講究

還有毫不注重已毫無所知
也毫不注重已毫無所知

一群群比看見美好的山河大地上
一群群醜惡的建築的山河大地上

更出世有什麼比看更令人悲傷的？
更令人悲傷的？

一平庸、涼薄、偷工減料
如我們的心。
平庸、涼薄、偷工減料的心。

之二

而我們多麼捨不得。
那些雕樑畫棟，陽光下幾乎不可能的
造型和色澤，古人啊古人——

而我們早已經習慣
如此輕易的居住。移樑換柱
談何容易？

於是我們賴活，賴著
繼續活在老房子裡
直到上帝伸出
一根手指頭

便推倒了它。

團體照

他們排排坐
又站起來排排站
合拍了一張團體照

有人說：西瓜
甜不甜？
說：說乳酪。

之後
想他幾度
背後找出
端詳這些照片
表情之間的牽連
的血緣關係——

獨自他只認得出
其中自己的目光
但他的射向
遙遠的夜空
——

當快門按下那一瞬
正巧到達某顆神秘的星球

二〇一六年六月八日
二〇一七年一月二十七日 in Taipei

台灣從此不一樣

通關密語——「台灣從此不一樣」

或旺動脈·或命運進·「……」台灣
或某個人類的運送車廂
找寶物駛離屬歌
機械獸馬進運車廂
機械獸將它藏在

的師葉動脈 或某個寶物
葉的胸腔 的腸腔將它藏在
或吏更的腸腔深谷
的寶深谷
——

二〇一四年五月
其觀行駛在淡水河月
機械獸駛在淡水河下的捷運車廂
其觀行駛在四年五
下的捷運車廂

一邊的冷機械
勢力尋差別攻擊眼光群眾
力等找寶光群眾
等找寶物
無差別嫌惡受害在淡

一邊感嘆：

這真是一個冷酷至冷血的社會運

被我刺穿的胸膛被我割斷的動脈
破碎的器官和四處沾黏的流出體液

在捷運車廂門如冰箱的門再度打開時
也都是冰冷的……

二〇一四年五月

貓狗物語（四首）

人——
被肉身的情慾
或雲或霧或打雷

隱形者只是塊狀
波形的層層靜電
狀的軀體內
飄忽的靈

安靜聆聽生命自
真正的朋友·
冷冷觀望你
周遭的虛無
縱視的角落
人形的空氣

其實，其實

因此人類應該
脊椎必須比較
那初貓眼般放大
時時像狗
緊緊拱起的
張拱的貓眼睛

預防無預警地過度親善
和隨時遺棄

於是我們只是朋友般地存在
像命運閒置的一盤棋
久久，不曾移動過──
而我們密切搜尋著愛的如燈塔的目光
從漆黑濃霧的人生海面掃過
但情人是棲止海底
七萬噸的抹香鯨……

如被鬼魅占據的潛水艇
在眼角閃現的淚光中短暫浮出
又剎時
隱滅──

於是我們如不常連絡的朋友般地存在著很久了
像遺忘在時間抽屜裡的一齣劇本
佚失了大半劇情

（你
——這時・關心著
忍不住有一脫韁的饞
這時候起有安慰・
住這樣貓的魚
樣想就會好多
好多了）

總綿著不理解

或自己管絳自己
守口如瓶——
貓只有悠待海藍中的瓶。
——只是柔中方的細頸
茶歡著不可打開的求救信・封著
著不夠用的錦囊
封

但——貓——
只知道
——只
定
得比光亮綠多
比人類光亮綠多

沿著生命之謎的邊緣
緩緩地踱步・
以爪子洗臉梳理得比人類光亮的皮毛

我們及大多數
路人甲乙丙
——一只有貓
旁觀著

一隻呼吸和唾液同樣豐沛的狗
撲上來舔你

巴著你的小腿模擬著交媾
完美情人一般明白著你的明白
快樂著你的快樂
——是的，但你養了一隻貓

在靈魂清冷的殿堂裡
經常不告而別又不期然出現
一道與你生命平行的虛線
低低喵喵著命運片斷的暗碼‥

其實。其實。其實。

二、雖然

雖然知道完美的情人，唯有狗
遊戲時的狗——
但仍願給人類一個機會

夢卻和
巨浪翻騰時的早餐
鬧鐘響瘋狂旋轉完
的午夜時後指向某個
睡區

和
唯有靈夢和
全人類都醒來。
在某個民宿於郵筒和
信箱之間的明信片上
用卡主人

鋪在某遺
以及遺失於郵筒
和信箱之間的紅絲絨椅墊上的明信片。

之想的擁
間的是某片
的灰色情吸
擁後轉已轉
大模樣不斷轉
百無聊天行
吃過大半
個餐地
地球
隻貓

吸於玻璃窗下飛行
煙霧地帶——一個
人和百無聊賴的人種
聊天的人
——流浪者
博物館

的傻在
那夢遊的一個戀愛
的旅途的戀愛
強迫粗裡迫
擾強迫症
症者
——

貓狗噤聲
電話亭如燈塔豎立……

「你最好用掉最後一枚當地的硬幣，
在飛機起飛前……」
撥個電話或買杯咖啡
或拋入某個俊美的流浪漢的口袋——
但終於買下一本奢華厚重
根本塞不進背包的書

在舊書跳蚤市場如跳蚤出沒
那位退休教授這樣說
（他會是我所介意的那隻貓嗎？）
以稀有的和善、銀色鬢角
以及土著口音：

你可以在下個街角右轉遇見
有玫瑰剛出爐的窗口
看進去，像從情人的眼瞳裡看進去——

但你確會遷造了
披薩餅般的
的金魚
一張臉孔

金黃
目發燙

或永必以賴你甚至無法算

終一隻大家維
（一）在家
黑黑的咖啡渣

斷剛像在旅途中‧愛可
吃進了貓所
口幾所真正介是旅遊資訊的窗動了
泥土的種食物
一隻擋一隻狗

「……」他補充

和看見一我站在地毯
所有單字片語至金黃發燙久的
被微焦的臉剛動了
起被火鉗起

這時胃突然翻騰了幾下

永遠才剛出爐的
微笑和企圖——在一個手機
和心都無法漫遊的城市

ATM 一再嘔吐出你的提款卡
最終你落腳在一個美麗安靜的小網咖
散發一封封淡綠香精味道的伊媚兒
手中握住最後一枚硬幣
金黃而且發燙，而你這樣寫著：

雖然。雖然。雖然。

三、為何

為何，為何我覺得自己有時比較像狗？
自尊薄弱，意志軟弱
可以為一口食物
（但其實並不太飢餓）
低下地乞憐討好

蜷伏在城市一隅——
於是我選擇流浪
對於人類
又沒狗
和人的地方也沒

而彷彿完全遺忘
仿佛聽見任何人
但又別無選擇——
了解的口吻
無選擇　一隻狗借他
廉價的靈魂

那襤褸
聲「
都可以成為牠的
主人
「……我

那這個友善、黏
那種義那種人、期待被馴養
的懸吊略見　很滋潤的「我被馴養
後頭在潮帶　很清潤的無辜眼見是從而終
頭濕霧的　為什麼不是
的鼻神　鏡子裡的

經常凝視人類又被人類凝視
：「為什麼你要這樣看著一隻狗？」
我緘默著
收回自己的目光

是的，我看見我體內的那隻遠古的獸
四足、長尾、炯炯的眼珠
遠遠地環繞
打量我：

「千萬別進化成一隻狗……」我說。

四、終於

終於，我意識到我永遠不會是一隻貓
或擁有一隻貓：
像在神殿古蹟或壁畫裡常出現的
那種尊貴的蹲踞
和睥睨

「預言」
閃而逝般。

一道鋒的
那衛燈爛於
幻影檔淡的瓦
暗過街心

我捂有所理
走在那住那絕然地拒當
人拒著
的幻衛燈爛於瓦的四裂的愛一切。每當
影回家的巷弄的心，便有

被取悅各庭的表情永遠安靜消失的心　又出現
看著彷彿已經看著你調頭不肯看著你無法

久又久久久久　久久久久
可彈身神性爛　從容淡
玩弄性　重死的光谷
死亡的纏物久久
的毛皮——

殖民物語

這些人需要補風，能像連達人，能改殖民末期的歷史那樣紛紛

那時在我的少年時高奇的性那樣紛紛流淌在身體的時間久久期盼有人

「那時候他們才過十七歲……」「……何文哲說。

才能殖民末期的季風防防仿佛互古地吹著：「」

一個辭或

被殖民的時間愈久，就愈文明。

「我被殖民的時間久久期盼有人」

了課本還要折衷權互古地吹著……

本組要權多少年輕的靈魂

的句話的靈魂

一段敘述

的口吻？包括

：文明。毫無現代性的身體──

我是多麼期待文明的臨幸呵，一如上個世紀的

亞洲．貧窮的青春期女孩

只能餓肚子勾引基督教金色的神

惟一的

真實的 富裕的

神 還有神諭 神靈附身

神蹟降臨

從受傷掌心流出褻瀆處女的血──

但我的血中盡有

原始

粗暴．殘忍．愚昧──文明

與不夠文明

所共同扶起的巨大陽物，必須堅挺

快感的旺盛中央……

綴綴終於沉沒
勝利的血海汪洋裡
在和祖國的肚臍中央

很是連帶
很是帶著我的文明
愈愈文明的爽的
慾求不滿——堅挺

就
我低賤而邊緣人
愈愈久
很久·很久·夠久——殖民得

那也要不滿
也要爽
和爽嘔吐
母空航空母艦般
得爽嘔吐

二〇一五年
二月

第11章　我們總是在辯解

動物園

像我這樣一個
反動物園主義者依然
排隊買票走進動物園。像保護動物組織
去到做動物實驗的學校機關抗議

之後回家依然享用了一隻雞。我
從未如此近距離觀察過犀牛
有幸發現犀牛原來都是雙眼皮
事實上所有動物都是，多麼
令人沮喪我是單眼皮我屬於
非雙眼皮的人類但更絕望的其實是鳥

如果我可以在動物園思考奔馳這件事
或跨欄賽跑
鳥一定想知道距離地面兩百公尺
的高度飛翔

是什麼滋味？但我依然走進了動物園——

這裡一切生命皆嚴重寵物化
失憶・失去進取心和好奇
只狠狠盯住我手中的食物
包括瀕臨絕種動物區

那是些還比人類更深情的物種
事實上所有動物都是
因此他們大部分時候安靜而退縮

而人類不時拍打著柵欄
朝他們拋擲人類的食物企圖

分得一點他們的愛。

二〇一六年十月二十
二〇一七年一月十六日 in Taipei

現場報導

記者群前往命案現場採訪
屍首周圍往往圍觀群體
皆團團圍住命案現場
露體露出詫異的每一個案
的神情：

多麼好的一個好人
做什麼好事盡心公益
施盡天良的好人。可怎麼會……
——彷彿那具屍體
很老實，平日大門深鎖
有禮貌

但話也算不多
印象出奇的好
正總會帶著笑容
試著集眾人之力
對這世界下一個結論。

二〇一七年三月二十五日 in Taipei

丟書記

如今你開始丟去
曾經是你最好的朋友
「書是你最好的朋友。」起碼

甚至你開始丟去
你說你需要你還沒讀過的書
你美言其名更多生活的空間——

搜尋所謂生命閱讀
的一塊方形碎片·
生命組讀不過是昔日戀慕的靈魂

因為每一本你如心
一本離刀切割
難開你割開你的書架
你的書架

沉淪江湖的書
都會在夜裡現身你的床邊
要你讀完他——

像表明心迹的鬼
不肯在被誤讀與閒置中

重入輪迴。

二〇一六年十二月二十四日 in Taipei

歌手

電視上那個歌手已經步入中年
和所有中年男人一樣
禿頭、發胖‧
但仍然要開演唱會聲音粗啞
女歌者一首又一首
唱著他唱紅的歌…也許
他內在是個女人
但內在都是他的男人性
女人都為他的男性瘋狂——
唱幾首歌結束前的 uncho 曲
也許每個人都為了某個謊言活著
「……」他在舞台上
隱藏的節目 Rundown 上寫著
此為節目刻意為前奏

流幾滴情淚——

他身體裡的女人
就再也克制不住地顫抖．

完全占有了
那個謊言。

二〇一五年十月六日
二〇一七年一月二十五日 in Hualein

久候電梯不至

為了上升到人類大腦的頂上
鳥瞰腦的樓層
我前心思想與夢的廣大平霸

總是載著一班又一班
滿溢的肥腸食物、
超載著一班又一班
購物、紀念物——
的電梯

於是
留我在我們門
久久，終於
一部失速終於過重
失速終於過重的尻骨層上
遲遲的情緒
和記憶後空而降
再

像一條憋了太久的大屎墜入馬桶

轟然濺出

藏身於屎尿的
條條金光大道……

二〇一四年九月十一日聯合報

那年

如脂的月光浮現出那夜男子攤手走入深淵地底的詩篇——和一名言後的東歐——那年戎吉思汗

的文壁，瀉下一片他的建築烈火的女子相遇一路征戰一路邁下他的種

綿軟的草原廣大的客棧——旅行在象形高頂美尊的黑髮男子

的年羊眼前現出一位來自中國文字的美

他倆攜手走入深淵地底——

那年

如脂的月光浮現出眼前　那夜男子攤手走入　他倆攜手走入深淵地底的詩篇——　旅行在象形高頂美尊的黑髮男子　一千年之後的東歐　那年成吉思汗
的文壁，瀉下一片他的建築烈火的女子　一位來自中國文字的美洲　一路征戰一路邁下他的種——
綿軟的草原廣大的客棧——
的年羊

嘴臉
0
9
2

千層起伏的草浪低吟

剎時不知去向的

埋伏歷史的風……

二〇一六年十一月七日 in New York City

二〇一七年一月十六日 in Taipei

貓

聽見當你轉身
只見蠕蠕轉身
骨頭底下不經意
被細細嚼咬

從不光是一種
天化校耀
白日下進食
但——

或在你眼前
一隻剛捕獲的玩具
的鼠羊

永遠伴人類最久
無聲起也沒
出沒把自己舔得乾淨
只能用神秘優雅
陪伴人類最久
沒形容的聖獸

輾碎折斷的恐怖音聲。

二〇一七年一月十七日 in Taipei

電梯

人類發明了——
垂直向上的一切
包括直直通往神的事物
我一直向上的

門打開得看見
我們只信任神的路徑。

突然
超載的業力向上攀升
門打開
不斷向上飛升
奮力拼命
然後

打開後選此彼的
身體信任電梯
味來像香水
心事
和婚結
進我們身體

被我們如此
吐在神的嘔
吐出來的嘔吐物
但不久又按下了電梯

強迫神
把我們吞回去

不管電梯有多擠多重
我們拚命擠進去

要神把我們
給吞回去。

二〇一四年八月二十八日
二〇一七年一月二十日

電梯 097

熬

在人形

慢慢熬出一鍋
爐內放入幾把青草
清甜的香氣

在天地
如
——

經寒火穿透在
我體內數節了放入
舌頭內數出音咅

鏤飾服下那俏
大自然邊邊
雜糅的體液

漣漪
——陣陣風似地
霍然

仿佛是生命的水面

無盡的漣漪般

不斷擴散的質疑……但，
只一陣風

身體便全都答對。

二〇一五年一月九日

一

—

時間曝露它們在這裡的弱點。我們完全抵達

卻總放過它。放過它的弱點。

乃地下七呎

我們對地底深藏的光之靈魂之國

我們至七呎，地底縫裡藏的靈魂之國

也完全放過。

走進去，推開泥土的門彷彿

真的是
有這麼一道門。

三

門後一道階梯蜿蜒展開
像一條受困千年詛咒的蛇
散發著靜謐的瘴

機關算盡
這裡是全人類的城府。

四

在死人的知識堆裡
我們緩緩垂進一具火把。歷史
是深掘痛苦的工具
被遺棄在這麼世厚積的塵埃裡

我們拍了拍身體
便將自己深埋進去

不在場證明
以及種種稀世珍品的

散落滿地的
碎的陶片
錦帛的頭顱與
遺書的殘片
與鄂骨
仍緊咬

我們所有考古
學家
將現場佈置成
一座完美的
古墓

六

感覺隨時要抽搐
或坐起身

臉部有死者合著
近乎高潮的微笑
的鐘響著
每個洞穴進駐生
平身上
但有人會羞澀湧出
沒有人者王或貴金
屬
稀有的礦石

五

七

但每一道門開啟的時刻
總有怨靈的下半身從縫中溜走

留下細密綿長的足跡——
知識。知識。知識。

八

轉彎處再深入
便是殉葬者俯視的顏容了

如此排列齊整
一如我們森然的牙

惟淺笑時可見。

九

我們必須不相信

我們過仔細重新鋪上
取過花種上草木土
走上漠的上泥
一個亡魂
歷史彌漫過
人物蒼茫
的可觀府
家菅

十　我們

．　我們必須相信
．　不須化作泥濘的
．　相信⋯
．　相信

——一滴在心靈的獸兒

從捕引護草枚後
到豔的咒
到泥漿的把上音
的淚音

從以死
我們必須
什麼也不相信

從一枚後什麼也不相信
鏽透的世界
的戒指到——
截發黑的指頭

以及一整個時代。

十一

以及那個時代的所有想像。我們背對
我們背對著活著
一縷一縷
所紡織的幻覺

像個挑戰死神的勇者
我們把手伸進棺木的最深處

依稀仿佛摸著了
曾經凝視

自己已經好幾世紀的一顆
古老，眼球。

二〇一六年七月三十日
二〇一七年一月二十日 in Taipei

生日

為何這──刻值得慶祝？
從何這──刻值得慶祝就──我
有 到 從 無
為什麼？

近這──刻
吹想得──
值得唱
道值得慶祝？
孤單立在蛋
糕上的火燄？

並幻想圖屬血肉
沒有人繪屬於他從此
絲毫沒有值得他世此生世
任何世界──身
──五官

「如果‧我
他也不曾幾得這
我深感抱歉……
沒有任何心願呢？‧」
蠟火說

「請熄滅我……」燭火說

人類愚蠢地粗糙的時間刻度啊
但昨日總是絲綢一般不經意

從夜的柔滑肩膀頻頻
滑落……

二〇一五年十月五日

請進

你

你等待晨光，每天遲遲沒有醒

你觀著就都已準備為生命所有

等著你開門，天光遲遲沒有人姑在門外

你簡稱之為開門，就有人姑在門外

風般洗劫門開在門，打開門的時刻——

你的縫在門外，打開門的發生，

的一切——門的事物

這樣的家門似進，請進

你等候每天微微做進。請進。

醒來時
開開你的雙眼，
像打開這樣的家門似地
……

二〇一六年四月十日

地球輕輕托住
雲天水映著　玉米玉長在廣大的玉米田裡
所有種莊稼的漢子——

雲山之外還有遼闊的天和水包圍
日月星辰和雲——
還有臨空的手

冬彎彎著腰也來拾起
那最後一顆星星在麥田裡
那撿拾起的許是那些窮人——
學著撿拾

如此久有的玉米不吃
很久有的玉米光
所必須——「」
我聽到剩
有人殷殷告誡我。「我彷彿
聽到有人——

我餐盤裡的最後一顆玉米

他們正銳利注視著
收割後地上掉落的一顆玉米

彷彿那是主掌豐收的神祇
深藏地下礦脈裡的一塊金子
或是一隻過冬的蟲豸
所產下的珍貴的卵

：一粒須彌，一座芥子。

他們的眼睛曾經注視過山川大地
白雲天空。日月星辰。

以及無盡虛空……如今

他們藉由我的眼
注視著這一顆玉米。

二○一四年十二月·于深圳
二○一七年一月十五日·于台北

我餐盤裡的最後一顆玉米 ／／／

命理

他們

因為不可，或甚至每個封不能言險
你生命停頓前夕
畢竟突然
你理直氣壯正在每個運動自己明白
應該發現走於
終於你明白

只是有沒缺和無法無聲稱離去
發生什麼也沒去迎接的

這些老着以貫理命可避免你遺書——少都覺得那裡的位置都是初始的——
符號的導草師是不準有你的角度也被洞悉已被進行過此刻字路命理是不
那隨手在你的命僅可學指尖被退維谷已被而鬆過你準確地弄起他們
就是你草個時的可以掌握你小的
是天真的辰註記封印
機場圈圈註記
的他們

他們這就是在洩露天機嗎他們
不就因此正在被懲罰報應嗎他們是
如此準確地給予你人生最恰當最及時的
忠告金玉良言幸運數字和適合你的上衣顏色嗎
你只不過在碗裡丟下三枚銅錢那時靈光一閃
當下是的當下一定有人讀到了什麼
還是你臉上的表情不自覺的小動作衣著打扮洩露了
什麼不屬於天機的某些細節或線索
你不應該太快就此對號入座或自我催眠但
誰不是活在一個故事裡人類多麼迫切需要故事
你親手揭開的小丑和皇后娘娘倒裝了呼吸
貪狼七煞坐命宮陀螺流年化忌
無比羞怯且挑剔主人的獨角獸竟也適時出現了
一切對你絲毫並無惡意一切只是你的命中註定
你的手碰觸什麼就立刻粉碎或溢滿謊言
你不知道你原來就是一切天衣無縫的答案好了你還有
什麼問題要問嗎沒有沒有一個命理師是不準的
你沒有準備紅包袋嗎沒有關係可以隨喜隨緣隨便
或寫上姓名住址加上一個人沒來一樣可以問

你永遠都會站
不意識到那生命
被拋進萬事萬物的
終於一輛巨型貨車和你
顯現在十字路口
念念終究不在
的徬徨言而
退和優言不時
終究無時不刻
終夜編織而
起—

終於
被拋進
在黎明的某個十字路口緩緩停下。

二〇一六年十二月八日 in Taipei

手中捏著幾袋晶晃的錦囊

足下頭看見搖搖不見兩岸

我拚著王砂石俱下的大河而下

珠揀著順著現在的我

依舊茫然於天命——

活過見山舊是山水原想著我

依過知天命不是可得心在對現在的我不能釋懷

的現在的我只是對現在的我不能釋懷。

山水不是我想著我

天命——水是水原想著我

見山舊是山不能釋懷

我只是對現在的我不能釋懷。

我只是對現在的我不能釋懷

極目所見只有茫茫又茫茫——
也許錯過了幾處桃花源的入口
迷途於幾處逼真的海市與歷歷的蜃樓

生命幾番大轉彎念轉彎
不自覺轉彎——

然後想停一下
想知道

什麼叫做現在。

二○一七年六月二十五日

關於人生——我們必須懂得珍惜來不易，萬萬不能易，不能與人分享，最好也能日積月累，即使放著只有饋贈的利息，我們還有什麼可以代代相傳……」

文理藏了的一些補苦，總是在地底板下

文鎖行了的一些秘密補苦，總編鉄事起

文在銀行存下了小，從

又在保險箱裡發光

多年以來

我們就以來，從小，我們懂

終於多年以來

補苦

留給子孫的呢?除了我們千辛萬苦
積蓄下的痛苦。」
午夜夢迴
當我們回顧自己的一生——

必然要為我們窮極一生苦心經營
終於豐盛回報的痛苦
含著淚光
露出驕傲的微笑。

二〇一七年六月二十五日

每一個人
都正單身涉水
涉過人生這條大河——
我們
自己就是—
一條河

每一棵樹
都可供一顆星球乘涼‥

每一本詩集
都神秘過須彌‥
都大過須彌。每一朵花

又各自完整
都碎自完整
都張全息圖
你說：世界‥
我們這宇宙‥
「……」

戰機依然從我們頭頂飛過

所有的記憶
都將隨體溫流走，每個文明的覆巢
之下只剩人類摔破的左腦
歪懸在荒涼的脊椎頂端
佈滿滄桑的迴紋：

「為何總有一個我，總是
我，我我我……」
我來。我見。
我以為——
我向所有人宣告：如是至高天空，朗朗乾坤

和平，公正，莊嚴——只是
今日之白雲蒼狗重複著
昨天的蒼狗白雲——
被人類切成無數碎片的
大自然所不允許的直線
噴射成雲
縱橫瓜分著天下

戰機依然從我們頭頂飛過　／2／

每天戰機依然從我們頭頂呼嘯而過……

而豪秋天又欠點點的葉子

家秋天又欠點點的

讚頌人性

自然無為

他們兩旁

之光每天

待一場好雨來道路的葉子

美好積在道路的

難民一般堆積

—

他們

2012年6月23日 in hualien

2012年

在同
一個
航道

和他
我向右漂移，向右向右向右
「……」

而我向右，卻永遠停在向左
那像——
我們向右，我們永遠停在向左
外在的感覺，對著我們飛向左
我的眼球視野中央
稱著指引我：
對我們內在的現實

像一隻飛蚊
永遠飛蚊症的
移向左

他曾無邊掩
從我昔眼前掩
向右的意思
向左離開思
——

曾經現實逐漸漂離

相逢・遠遠像接近一面鏡子……

二○一七年七月一日

曾經現實逐漸漂離　125

往夜市途中

有人迎面走來　在夜市途中
那人的心因此被鐘上
或說不曾回頭或聲下脚步

其他所有攤聲繼續抱著同業
那位子若懸掛著一顆滴血的人頭
煮沸已沸騰各式小吃的夜市

我走來棒起意
從心頭流溢出的血
深吸了幾口　我坐下來

市裡的
攤的幾攤美食
同等美味。

二〇一七年五月十日

初夏的交媾

而
你擴闊著
你遇見我
正無數目經營的
別透明的海——

我在果・幼在身裏
你在風中裹接著
都在滿潮的珊瑚畔・你
在海中陣著香金蟲——
月光・樓你曾經顫粟
蝦會發現——花粉
中交媾・你繼持至深夜
林香
甚至某此
至其此會飛的
的魚類

初果尚存有你仔細
一朵看似清晨的——此
隨意觀察・這個
燦開的花蕊
溫煦的初夏

在人類的建築前，人來人往
建築遮蔽了一些重大的事物
又透露些許曖昧邀請的光：

「你，也寫詩嗎？」我問。
我看出你眼中閃逝的惶惑

而我遞出給你的詩
總在門內徘徊
像流連不去的月色——而那便是
我們靈魂

交媾後的證物。

二〇一七年六月三十日

當下

披頭四唱過的
「如果頭上沒有天堂
腳下踩著的只是泥
每個人活著的只為今天——」

沒有天堂和地獄。沒有淨土。沒有因果。

大師安慰我：「初果

只有當下。

玄奘從鳩摩羅什的
心經裡：「非過去，
非未來，
非現在。」
的總綱

明友去年在愛荷華
抄了這三句。

二〇一六年十二月二十日 in Taipei
二〇一七年

然而隨著他對瀕臨的自己無能為力，在那個醫藥還不十分發達的年代。

所看著這「」很不，這就是死亡。但如果通常只能靠火，快那都能解釋自己的幸地，就是死了頭——他想。

他靈魂泡在水裡的想法，整個泡在水中——他想。這個事物導致生殖受孕，也是喝醉的人一個——乾燥的信徒相信乾燥就是快樂的方式，他信徒看著火燃燒起來，簡直像親見生命的終。這些都和快感、靈魂有關。

另外，如何是死亡，就是拜火教徒的信仰？就是崇拜沙漠躲避火，如果是，他的靈魂打發了，不。

可能奧秘曾經在崇拜火，像他焚燒…… 這不正是他生命的終。

有人建議他用牛糞治療：讓烘熱過的牛糞裡的熱氣，烘乾你體內的潮溼罷……

於是他搬進牛棚裡去，睡在牛糞堆裡，吃在牛糞堆裡，死在牛糞堆裡。

人們發現他的屍體時，他整個人簡直洄出了水。

人們燒了他，用的正是曬乾的牛糞。

他消失在他最喜愛的火焰裡。

我們總是在辯解什麼

我們總是在辯解什麼。關於什麼是在辯解，我們總是試圖圖解釋。

關於得到道者才領悟的真相，我們總是試圖圖解釋

關於當下我們這些人運悟的真相——但是在近運端的測量

一個照亮世界這世界人有真相——但是近近端的測量

試圖圖解釋——

這個照亮當下就是——就是世界本身給了我們給了一切的結論

如果——就是世界本身給了我們的結論——顯祥愿。如果

真相——又相——這世界人給了我們的結論——顯祥愿 顯祥愿。如果

激激出一層層是一層層底下 顯祥愿 顯祥愿 如果

而人類擠出嚐淚的異味——

或每一次集體記憶的表面被塗改達太多次

原來的樣子滋離 更接近

一點點——於是

我們只能手持碎自宇宙的一小片藍圖
遊盪在生活的大賣場裡

突然停電的夜晚
秉燭夜遊，目光
在從各個角落洶湧而來的黑暗中
一燈如豆

並不時打著哆嗦：
「究竟我們要繼續等待真相
來解救我們……」
還是應該繼續
埋頭

答完那張
永遠自動恢復空白的考卷。

二〇一五年十二月十九日
二〇一七年二月一日 in Taipei

游泳池

他
立在池邊游泳前
他第一次決心學會
他會游泳同樣恐懼

他——人不是打從娘胎就會
不解第一次人工呼吸
絕望同生平，注在手水裡。

他，在最早的記憶
看見幾處已浮著幾隻
生進那其中的花池
軀體游著幾隻不是人頭
氣，充滿的漂浮和各種人類？

殺菌劑和原蟲和屎溺
細菌和排泄
漂白水、灰塵

新鮮、鍋沸
高熱消毒、
殺菌劑和漂白水、
跳動宇宙的原子湯

有人如一道閃電跳入其中
開天闢地

炸出了生命──
終於有人生出了鰓，有人長出了鰭
有人指趾間有蹼游得飛快
有人逶迤迤地爬上了岸
晃著渾身危顫顫的肌肉

朝他招手：
「還不下水站在那裡

發呆幹嘛？」

二〇一五年
二〇一七年

一個人的 Valentin's day

早晨是
青苔盛放在平日走過的人行道上
就只是
我·萬物的飢餓在
於我的行走的縫隙中·有某個時刻
足音跫是
——

完整
像一張終於
編織了被時間完成的
沿途的葉的水湄
不動放於葉尖的蟲多折的周旋
的雲朵的花朵和樹林小徑的森林小毯

想起一首老詩：
行道樹保不住他未熟的果實。

必須遷移
—我的心·一再遷移

往更人煙罕至的僻壤……

好在 Valentin's day 降下的微雨中
偶然聽見果實
完整自枝頭

熱落的聲音。

二○一五年二月

舍利的兒子

當聽說
屍體塞進火爐
會消幾分鐘
漆白的舍利
記錄人生的一切

你就看到來・不需
再托他們將骨頭的舍利

翻伸出手中那根棒子
說：怎麼
沒有舍利子。

二〇一七年五月二十三日

嘴臉
0
4

滾看

午后陽光
出現了，一群群著
滾著了——吸附著許多蒼蠅的塵土裡
像是一群蒼蠅的塵土裡
著蠅的影子的一群蒼蠅的塵土裡
著——蠅媾暗黑的種子
吸附著多蒼蠅影子的塵土裡

這些種子——
不懷好意地總在搜尋暗黑的種子
子隨手的不灑把——具屍體
日子隨意地發芽處
好意地發芽

或他們無論無蹤哪非就是此
卑做的類頹存活怕
這類存在的輕種
存在怕
的瓜果的種子
在——瓜果的種子·蒼蠅

「——」 · 蒼蠅

但在午后陽光所象徵的
永恆的明亮裡

他們卻都可以
剎時不見。

二〇一六年二月
二〇一七年八月

你直到某個時刻
向那個時刻
痛苦的中心・打開門

只是痛苦從不曾積隨時間消失
我們總是編造這樣超載的劇情（

無法承擔的痛苦——
充滿此荒誕的劇本
曾經有這個劇本——
初不知

全然
寫好自己人生的劇本・
我們終於
照著走

某個時刻

看見了房間裡
那個執筆的少年‧削瘦似手淫過度
眼神渙散

正在打盹。

二〇一七年五月二十八日

餵鳥心得

剛開始在窗
台上餵鳥時
可以看到
各種各樣
不同的
鳥兒前來

久了
只剩下
麻雀成群·野鴿
和野鴿子

我卻注意起
一隻野鴿子
總是雙雙成對
淡淡褐色鴿子
——

陽光格子
在發亮的窗簾上

久久不動的
被陽影
久久美的單調
永遠
午后才出現

直到我以為
久久

他也將不再前來

二〇一七年五月二十九日

我們，每個人被分配到
自己的房間——

而當你偶而起身
正坐在書桌旁的情人為你而……

你的書進從窗前小立
繼續你身

密藏著的性愛每進
宇宙前，一個不告別的形容詞

淡漠
事門一條
物經已

變成的房間裡
的房間角度
的甬道
靈魂

房間組曲（三首）

而我們手上卻只有配給的故事
大綱：我們的人生啊！我們
撕髮鋭叫但立刻警覺
房間隔音效果很糟
可以聽見十哩外的蟲鳴和十呎內的孵化
我們終於打開各自攜來的詩意和情節
和時差和完美隱身的飢餓
走廊的一頭是溽熱的污衣另一頭
冷藏著奶和蛋
對了，我們終於忍不住
將自己的房間做為心的譬喻——
方形蜂巢式的神龕
中央一枱微波爐
我們放進一顆冷凍的水煮蛋，在
神的耳語聲中
設下了時間。

二〇一七年一月六日 in Taipei

人形至今無從追溯著造物的房間
低迷從溫柔指著
空氣仿若在昔日

直到　也連鰾明
密封其中　水銀般地存
如果其中逮住　四在
一天的時間
你秘密
的時間
——
你訴於

我　房　像
儲了　子就把門帶上、可能上鎖當
一切完整　可能簡單了
你走懶的姿符

你　時　從
曾離棄的那顆心　間從不承認時間
　　　　　　　　從不承認。是的、
你時間的房間

時間的房間

百無聊賴的床邊

彷彿你不曾離開——
直到你在最後一杯冷茶
深深的琥珀裡

發現一朵壯大的黴。

二〇一七年二月七日 in Taipei
二〇一七年五月

三、你的房間

一直要到親臨你的城
真實踏進你的街坊
跟在你身後，和 doorman 打過招呼
穿過大廳進了電梯
走那一條暗色地毯的走道
直到你停下，聽見你叮噹開著門鎖
的聲音——當門打開一切

你真的走進——
我構成了
一幅熟悉的靜物——

加上我、盆栽、我的行李、畫、
都靜默
如我所託你了
如我所想像和預期：

就一切都明朗了
果然你明朗了
一切

垃圾桶裡的天籟

你會發現那一整排垃圾桶，只是排列真正的垃圾分類。

街道上這首那一整排垃圾桶，你走去一個個掀開——

還有其他「可焚燒」和「不可焚燒」的分類，譬如：可腐爛的塑膠瓶或金屬罐（微生物分解）和不可腐爛。

垃圾桶裡，有其他「可焚燒」和「不可焚燒」的事物。

天籟只是最後在形容可焚燒和不可焚燒的垃圾，只是垃圾體類似地。

你打開桶子，天籟空空如也。你心中很快閃過三種想法：

一、你打開桶子裡，天籟空空如也。

二、天籟拘不住，它在你看打開蓋子的那一剎也聽不見。

三、天籟拘不住，但你在你打開蓋子的那一剎那便從桶子裡逃脫逸失了。

體一樣。

你滿腹孤疑地又闔上蓋子。此刻，你懷疑是家家戶戶都把天籟給藏了起來，沒有人捨得把它扔進垃圾桶裡。

你沿路挨家挨戶地問。沒有人知道天籟長什麼樣子，聽起來什麼聲音，嚐起來什麼味道，摸起來什麼觸感。遑論有人把它藏起來。

你走回那只垃圾桶。不死心地再把它打開來。

這回你聽見了一個聲音：唵。

頓時唵唵唵淹沒了一切。唵唵唵。一切

都進了那個垃圾桶。

二〇一四年十二月
二〇一七年

放下著

茅矓打吹的星光運蓮的思考。

翻翻我們的帳蓬無臨蒼空

我們的帳蓬無臨　只有直是

但頻頻白日走著

早是發射的垂平面

可模仿你……

且臉頰肉肉-

卻走上世上所有的神

一般長

推論的路途·

我們鍛鍊大腦

侵蝕我們

我們

的引擎

神的

聽天

我們聽見

聽見

使恐怖的恐懼四處蔓生‥

「神不但降下大雨和磷劑，還降下試煉……」
我們在偶然的森林裡必然地迷失
或在必然的邂逅中
偶然地記起

人是什麼。人活著是什麼。但這過程
充滿語助詞和假設語氣——
我們必須是累了
或是在路旁發現一隻瀕死的神獸
或是根本忘了

再遇見幾次日全蝕和六月雪
就可以遙遙看到
家的燈火
在山背後的另一面

明明滅滅。

二○一七年五月三十日

我眼神請你轉身過去
我說　或當我練習生疏
陰沉對著我——
近著　身去的表情的度數或
印著　不要——武器時臣服
營發黑　偷看

泛黃的門牙鬢白
藏不住的衰敗

我不要叫他看見我

我也叫鏡子看著我轉身過去
叫鏡子轉身過去的憤怒。

當我看著鏡子轉身過去的臉時
斑
皺紋和鼻毛時

我也叫鏡子看著我轉身過去
叫鏡子轉身過去的醜惡。

我叫鏡子轉身過去

笑時魚尾掀動
悲哀的漣漪不斷擴大擴大
擴大
不笑時法令紋深陷——

今天我舉起立可白
塗掉眼白上滿佈的紅絲
順便也拭掉一粒藏匿的眼屎

我不斷修改臉上的線條
直到稱得上慈眉善目
或雍容華貴——

只有當我完美出現
在我的告別式

才允許鏡子

正偷偷

正眼

看我一眼，

二〇一五年十二月三十一日
二〇一七年

嘴臉／60

鯨

鯨」就是我？「我」負賣撥交阻攔在家門口他，但他正巨大發現出早晨出門
開開鯨魚油直接分了他幾通鯨魚電話，攔在家門就，為什麼平是同一隻鯨魚
魚魚那班珍了他的靠他把理鯨魚機構，但他像什麼死了大的一整座肉牆擋在
那張真的的肉丟推回海裡的機樣，但沒一整座肉牆掉這隻或是還有漁市場的
大嘴的我挖手吧……「沒有鄉居的海裡？有漁居附屬的海市場的
。 我挖手吧手……「有路人建議有鄉居建議，但同題是
              「有路人建議……   到的呼吸？
                                        的味，感受不
                                        我歷道不到的

躲了進去。

二〇一七年五月二十三日

第111章　壞藝術

像霎落其般那般無心佃
滾動著分分・合合・
在荷葉上聚集・的露珠雙雙

飄落在鼓面——
風—般—或忽喑
是一片絲毫無疑的
喑忽無心時的指
運的雨點尖
雙葉子

我知道眾生——
我・和・你們
披—是隻鼓槌
足驚醒鼓聲你們披的蠕萃
由—足鼓聲——
醒中
起

聽
鼓槌——
不過是一種波的蠕萃
把「空空」
非洲鼓表演

鼓聲

璀璨地碎嘴著——

鼓聲如是低至液化了岩層
高至切穿雲朵
割裂了天空
露出一方宇宙秘藏的藍圖——但那張鼓

只是一面閒置的湖面
鏡子般含容整個天空地擱在那裡
那靜謐的平靜來自適度的緊繃
和鬆弛——一個孩子

將會有一個好奇的孩子
既不完成也不破壞　地
接近它

和天地眾生一起接近那面鼓
純粹只是出於好奇
拿起鼓槌

嚴丁下。

陸地

上荷載

二○一一年十一月二十九日 in Taipei
二○一一年

有一代人就
難道
在燈光大亮起的那一瞬開
眼皮及
遠遠持手電筒照過來？
全都消失了
什麼？

我重重壓住這個身
沉嘆正在是黑暗始終
倒底做了什麼——我
自己的唱的性
的臉黑暗的
帶上・黑暗的鼻息
黑暗的身體

為模黑用多小時代
但想像中的自己的英雄的位置
始終沒有人出現——
保留幾個——
身邊像中的自己的小劇場
我院這個時代
座位

壞藝術

那時我也將是
被取代的舊版人類？——

但越這時代壓著我渾身動彈不得
我的小指頭輕撫手機的體表
偷偷按鍵
將時間快轉至頓悟的時刻

——全人類頓悟的時刻
我們從座位上起立，離開
手中的票根不知何時已經被撕碎
揉成浸滿汗水的一小丸

這時代面目全非的解藥……

二〇一六年十二月十一日 in Taipei

帝王

他們在冰箱裡藏著一具天才的屍體
每隔一段時間
取出幾塊屍骨

炒 —
重新上菜

有人吃著
無端想起某人的作品

二〇一七年五月二十三日

仿佛
一顆孤單遇上了
咖啡豆
靜默地唱著

千方百計
（我體內究竟有什麼可以被如此

從舞台漫溢至觀眾席
特殊的咖啡到了
幾乎後重重地喝咖啡了亡我。

然後｜種特殊被必須找到｜種
特殊的對待的方式他伴奏
每個人都是某｜種特殊的咖啡豆「……」

演員｜每｜

——天作之合劇團《寂寞瑪奇朵》觀後之一

咖啡

粉身碎骨在磨豆機裡

一種
特殊被對待的方式。

二〇一五年十二月二十七日

淚

淚像眼眶有時就覺察
所滴落的第一滴咖啡

——是因為我沒有馬上拭掉
一切必須因緣俱足

恰到好處
像所有候伴都控制得

傳說還在多年前造訪的時候，歷經滄桑的牆面會自動冒出水——
想起多年前造訪的「天作之合劇團」寂寞瑪奇朵「觀後之一」

就自然流出的咖啡——

香醇無比
的淚。

二〇一五年十二月二十八日

從軀體內榨出千方百計
所有異香

我是值得久存
但我仍堅磨，且不肯
共同的命運

大小
體味變得
相似如此堅硬
我們之後名
的豆子。

桃逗著鼻尖
被烘乾躁過
的挑逗，發著電光——
顆顆

我們就這麼

黑美人

——天作之合劇團「寂寞瑪奇朵」觀後之三

再和你的舌頭翻出紅浪
淹沒在滾滾津唾的

黑美人。

二〇一五年十二月二十八日

一個海市的人

每次夢　至夢中被醒來都像是從

一個海市被拋來都像是從

他動作熟稳至叫人片然親和
兩人緊著就要吻上來　或

從口袋特技表演是初此的
他掏出表他總之遙之在隔著

一段身軀．住等真實，我卻有個可做
我兩者同學等真實，我卻有個可做

兩人緊著
他動作熟稳
蓋衣衫就要吻
衫之吻上來　或
上來　或
類的或
的……
伯他

只是不斷不斷
不能自己地掏
掏心掏肺掏肚掏腸掏空五臟六腑一

我接過他遞過來的名片
隨及不知擱去了哪裡
只模糊留下一點海鮮
或海洋的印象：

請多指教
我住蜃樓。

入睡前

仍睡前確認過我的耳朵
是個催眠
奴隸房——我的家

前置洗衣槽裡
倒進水流衝機
房裡洗衣水流
則吃立不涼

完成繼續我
還沒有冰箱馬達低溫的食物

我的衣裳如子夜精靈
陽台上洗衣機浪濤洶湧
於水中旋舞

然後被脫水離心
烘乾如岩石上的水母——然後

然後我聽見窗外的冷氣
滴水聲
滴　答　滴　答
　滴　滴　答　答
滴滴
答　答——千家　萬戶　搗衣
聲，乃至
光年外的
午夜天籟和鳴……

我知道我睡著後
這一切仍將繼續
一如我死後
這世界必然依然的運轉

我知道我在睡中

必然
作了這樣一個——
奴役人類的夢。

二〇一五年
二〇一七年五月五日

朦朧
8／4

任由

突然 我必須了解到
跟這個世界互握

任何評斷世界——任由

我的世界早已不由我作主

這個世界在地上跳出胸膛
棒碎的心

我記得他只冷冷
掛著一絲冷笑

他沒有心的
冷笑。

二〇一七年五月二十四日

植物帝國

這麼多年
年輪是這麼形成的
我從那些樹──
我‧風‧雲‧天空

呼吸那道遲
曾見過風‧雲‧天空的
不知道楚抱肺肺曝露至天空

幾乎是他們一個又一個
統治是那麼一個植物的
紋風不動的安靜
被統治者的帝國──

站立‧
繞著繞著圈圈內向‧
形成──緩慢
種慢堅實底地

我不知道那麼痛裂心肝的一呼
一吸
需要多久——
我只能看見更短促的事物
譬如花開，譬如葉落

譬如野菇從胸下的朽木生出
譬如野草漫過後院和道路；
但我知道我正走入
這個植物統治的帝國，許多我叫不出名字
也認不出品種的植物

正守衛著一個秘密的中心。我知道
他們正靜默地注視我
我動物的身體，動物的心
動物的靈魂——

我知道我屬於更短促的事物

當我走過花
看見我走過
一層層保護著陽光而晨間的露水
此些保護著正在園邊的無名花草
藏匿在晶瑩而且完整的鑽石
促卵的深底水

紛紛的植物比我更切割成
折斷的
和猶鈍的事物
我而是的‧一顆
感覺他們踏過

他們同時感覺到
護衛我的決心。

二〇一六年八月二十三日

微調

以苯二氮調降天空的彩度手機的明度
以β腎上腺素受體阻斷劑提高心的亮點
以巴比妥鹽撫平大腦酸苦的皺摺
以抗組織胺發酵笑聲
以褪黑激素入睡
睡入黑色落盡的夜

再以抗憂鬱劑淋塗所有植物——
那麼，這完美的世界
就不再對
我們的一樣完美

耿耿於懷。

二〇一七年六月三日

可愛動物區

我在動物園看見過度可愛的動物
在地面留下的小小四散的飼養傾餵的簡粹
引來噁心的小蟲傾巢而出
光天化日下鼠輩出沒
雀鳥爭食

還有人在「請勿拍打餵食」的告示旁
拍打餵食

而我在畫面
製作我在畫外
也很可愛。

二〇一七年五月一日 in Taipei

新聞總是很快用完

又是完善的一日
新聞近乎絕跡

於是很快便用完了。每個整點
重播一次同樣的內容

面目模糊的我們永遠
是事件的漏網之魚無話可說或

話說五秒之後便是美食旅遊鬧鬼風水命理
某影星懷孕外遇和網路影片和

漢堡可樂裡出現一隻蟲
我一朝醒來

變成的那隻。

二○一六年十二月十六日 in Taipei
二○一七年

倖存者

他們禽流感疫情爆發
自己一天便撲殺好幾萬隻
山邊倘若兩隻腳已走路家園裡
今晨偺水上浮屍——人類的刀矛

我總在形形色色的想像
等待最晨的餓鳥依然
的餓鳥依然出現——則不得人類的生命
的覓食圓潤的那些陽台上
優美的側影

他們數量不曾
目有任何翅膀
減少
……

日常的一日
我一如昨日站在陽台上
帶著倖存者
面對倖存者時

才會發出的微笑。

二○一七年二月二十六日 in Taipei

灰色地帶

他們說道並不是
非黑即白的世界

即使我們說道
即使身處何事
我們任何事情
看著不察
視而不見

雖然黑即白並不是
即白的道並不是一個 ——
手上只有
都只有黑芝蔴和白芝蔴
而不見的灰色地帶
也就此廣大的灰色地帶

所謂的
灰
也是一群的
麵麵為細小的
與黑芝蔴
自芝蔴。

二○一六年九月三十日

飢餓王

春日陽光在午後和暖的下
肥厚的日光
驅趕著地上的鴿子們
緩步在廣場上

被驚蟄後的
久藏的
裡頭的孤獨萬物
蟲屍、糞便和穀粒
飢寒交迫
重回人間
溫迫

但我們人類
渾身思妄涇然
希望將我們畢生地
飽暖拓著肚子
放到大自然‥
最大心願

食物鏈
的任何一環——
鏈子都立即

節節寸斷——舉目所見
全部都是

我們的食物。

二〇一六年三月三十日
二〇一六年十二月十三日 in Taipei

這個地方

「……」白天過這個

一樣上來和地方

感覺很不來

它會常意味著某個時刻

這麼說某個

好像某個味道突然

或興味索然

你曾遇見

甚至失望

又想再遇一次

結果往往過

就是這樣。除非

驚見夕陽斜射的宇宙射線

你

有過瞬時的領悟‥

人間一切不過是陽光的演出……

二〇一七年六月十一日

無言花 (1)

彷彿可以看著
全世界的
美好

我滿綻放那含苞——當最後
花朵凋落的枝絡

如此凄白而莊嚴
無人知曉．尚未命名

在四下無人的盛開
安靜有地——有遙遠的月光裡

也有一朵同樣凄白而莊嚴的花
在遠遠的山谷

我當臺花盛開時
發現花已經開在園子裡
運了園子．想起

請讓我表達感謝⋯⋯

二〇一七年六月十日

無言花 (2)

當你面對的花
遠方高山的花園裡

你的花
對花蟲物的
植物的高山上的花園裡

花，無法訴說季節
言語無法訴說可語的時間
比較慢才要展開

響言行進
地球的人
除非
「……
之外
你發現
：

叢花自然生
把花載在頭上
行走——

夢遊之後的凋
落在某個
的某個黎明
……

二○一七年六月十一日

這裡我所展示的是：

——權傾儀表的，它撕裂了
破綻的，所令我調低一種樂趣
情緒的指針在傷感的皮膚上曾經
狂跳的靈魂的模樣刻著
普魯管的闕值
口普的闕值向我
感向我刻時
不曾消失

刻著夜的秘密，我依然實著
隔夜的房間繼續，我多高
我的血房間續延著，少次會生命
乾硬的補塊保
頑強的——線稿
日光的我
且無話或靜論

我曾是著的
生活曾經，我曾總調高
我生命的闕值，或無論

看，我可以任意調整我的閥……

二〇一七年六月十三日

黃與黑

一、黃

那一位
填上我皮膚要我在表格上
我只能說大部分的我
皮膚的顏色：黃、紅、黑、或白

像初夏柚樹剛剛剝開的顏色
那剛出爐的麵包色
從不見天的大腿內側是光之後
皇白之後剛剛剝開的柚子麵包色
那近石皮破魔的色澤

即是稀稀發芽的
半透明的石英結晶
的石英有的大理石
的大理長年遮蔽的
石淡青的嫩白
結晶紋理
鞋鞋初初從不見天

顯然我的顏色填不進那小小的格子
官員望著我
他的臉色
讓我想起從前生物實驗課的解剖
被我們剝掉毛的那隻小白兔

二〇一七年六月十二日

黑、二

他們說
我們穿著黑色就是黑
來形容不黑色就是黑
絕對黑色終於自己發展成
似黑的眼睛和頭髮
瞳孔太多辭民族
極簡
伯
不會踢而且盲搭
幼而且簡
錯似漆
而且
倘任何眼淚灘在上面
都像鑽石。

二〇一七年六月三十日

臉頰

是太陽　是鮮血
皆是新娘頭上的絲巾
正紅。你執起

大自然不曾繪過你——

旁邊是陽光下
但其實卻是牡丹色‧萬事萬物
看似花朵的紅的陰影‥
的紅的極限

你雖然沒有人原是一張白紙‥
大致的輪廓最右是一張白紙
最先執起可以是從——
旁邊是墨色。
旁邊是淡墨色
勾動出今生
生命可以是從
比喻起筆——

「一盒彩筆」

是呼痛的嘴從唇角流洄出的蛇——旁邊是焦茶色
茶葉經沸水漫煮過幾回

便呈現這樣黯然屍體的色澤。旁邊
是紫色，是

正紅的背叛
是愛情組成的地下反抗軍的旗幟的顏色

你名之為：浪漫紫。旁邊
是群青

色。當天清氣爽你眺望遠山
草色初初溶入山色的那一帶

便是。旁邊是黃
草原入秋後漸層浮出的

黃。秋意黃。伴隨秋色是朱與茶

用來為草原上添加一座古意盎然的木屋

炊煙從屋簷上升起——化入的草香的炊煙是紺色

紺色旁邊是若草色
化去的草在春雷驚蟄後
露出了葉尖

你·——
旁是死去的草
立刻被天藍所說服
折服·臣服——

無邊天際的天空藍
無時無刻
旁邊是空色

空空藍下的
天空藍的旁邊
是空色的性的

無空不墨下
以名之白

一切顏色
拓荒的湖綠之後
綠青·黃土·薄土·橙橙
和昔色
包——

一切色的崩壞呵——
你執起空色

仔細莊嚴
地　畫了一個

你。

二○一五年五月

在海市
醒來
和我相約的身體
從善選方發來訊息

為什麼會醒
「……」
目前科學
仍無法解釋人

試圖饋給他們夢的片
卻走在心的
下理推
夜裡送碎的靈魂
水到、床邊
再搬運
回浪退的沙灘……

至這像是早晨
都每天被醒來
個世界夢中被拋擲

海市來的人

蜃吹起的樓

二〇一五年十一月十三日
二〇一七年

向前↓小步

「小便池前‧人類的提醒」
大步——向前
文明的
我看著這進步的小步——

再往前走——
腳踏在走了及踝的黃色尿液裡
感覺尿正滲進了我的鞋裡

附在磁磚混合著人工芳香劑
站在牆壁的瓷磚混合的瓷磚味
潮濕的尿騷味
走進廁所

（——）
深深吸附的尿味
馬桶不斷在磚頭和水泥牆
的沖水聲

我繼續往前走

為了全人類的文明

我繼續一小步一小步地
向前一小步。

二〇一六年六月二十八日

考試

你終於坐在考卷前
像坐在一局可以眺望遠方的窗前

——今晚

靈魂為大腦重覆添加
身體因生呼出一份隱匿
一道鎖法（再——）
只好把實其實是失業

但你已經畢業。
你的磨折把人生
有時你的心，比輸成
以為你的智場考試

就我們很容易答
所以為你
層層難關

疑心眼角一隻燕子掠過
剪破了眼前空氣

因此自由的風
爭相湧了進來……

二〇一六年三月一日

行事曆

當然還有低低縱開的城池
任何不音再循環・這些的人類
低── 小讓多蓴行的血液
縱開的四月叫做四月・生命鼓動著
四月・二十四小時草圖？
放的四月繪好了行
粉色的

你旋轉的柴車
麗切成大小合宜
把成將成的油丁
在未來熱好的油鍋裡
豆腐般
新鮮轉中待畢
旋轉擺纏定
你坐轉著・再
游泳前行 ──

你和他人行走其上
註解著待註解的日常事件：
一陣飄風驟雨，一方風生水起
陽光幽幽邊邊穿透
你雲翳皆兵的心：

「人類永遠窺視不到真相的全貌⋯⋯」
但只能此刻此時寫下人時地事

然後
你依約

一一前往。

二〇一六年三月十四日
二〇一七年

這總有那麼

總有那麼為
什麼
──天
天我們

世界會回復到不曾斷裂的模樣……

城市沒會團聚起火柴為
一天

森林的森林兩輛互撞的汽車……

成——
死會分開開成兩片的
他們最別想紛紛複復活
愛他們既不離想・離
「不擦肩悠檔的樣子
也不錯會不錯會「。

沒情人們
晚一步
步
也
沒早一步
也

One day

遇見：哦，你也在這裡？──
海枯又盈滿，岩石腐爛
復恢復岩石──
那一天，眾神離開了人間

夜半敲門聲：「所有
人類的祈禱天明就要實現……」終於

我們來到總有那麼的一天
而那一天，什麼也沒發生

指尖的年輪彷彿多了一圈
有人拿白雲做成的棉花糖

從你面前
半溶化地走過

二〇一五年九月二十一日
二〇一七年一月二十七日 in Taipei

犀牛

——月形人角，特因歲生，始有月形。（關尹子·五鑒）

家庭當全世界人都在談論真愛

就是你成為價值

心靈是你長大值

應當遠離的時刻

開悟環境保護

離開環境保護

獨身保持

解脫保護

那時

「

裸體

你

以星光剝膚青

以蜃食於蜃霞

像他一隻被哲學圍困的犀牛

雙邊收攏他的一隻角

他的獨角

的上弦，還是

度觀的月亮：

「

離散的下弦……」犀牛以為
月亮理當循著他微笑的曲線
滑入命運的谷底——

（理所當然）

一如你以為
當真愛昇起會如滿月般
君臨人間

無所不在地展示他
明鏡高懸的

逐日消瘦
與消失。

二〇一五年九月三日
二〇一七年三月一日

犀牛——月形入角，特因識生，始有月形。 227

通訊錄

我審慎地在一本嶄新的
記事本裡
一頁一頁
謄寫
那些被擱置的名字和數字

看人類的
姓名、電話的原始
發現了
沒有人再手寫通訊錄的
最後時代
「現在應該沒有人再手寫通訊錄了？」

為什麼這一本裡
還有那些隨我這麼多年
不被模糊的
老時代
的字和數字？

那又隱隱約約
從那些紙頁裡
憶起

和
死者是個猶然精
通話可以直接
接上的日子
那仿彿隱隱約約的日子。

二〇一七年三月一日・於台北

颱風後的鄉間小路

路上遇見一棵橫倒的樹
兩隻穿越柏油路面的蝸牛
一隻紅嘴水鳥
成群飛舞著交配的蜻蜓
無數植物的斷肢
一顆被風吹落地上的鳥蛋

我好奇地拾起來
感覺它像是泥土孵育的一顆珍珠

然後
它在我手中突然

碎了。

裸體出走

最後一次帶上房門。
接著遠山・風景・路消失
前方消失
消失。房子便在身後消失

又・不斷有陽光穿落鑼體的記憶
不斷有雨水潑進軀體結痂
不斷有遯・不斷地走
不斷而已・只是走

爾形成的水
節回沼的洞穴
柱

說是出走其實只是

我們一直走
但是走到後來我們只是
有腳
我們完全忘了

而且在中途五官彼此走散
各自躲進鏡子裡休息

忘記了曾經有臉。

二〇一六年五月十四日
二〇一七年二月一日 in Taipei

死亡旋來岸邊的記憶　彩虹木蝶憶起了前世　描入了數件事
記憶逗沖刷一道的燈塔了　樹像期然憶起了　這個生如夢
留在地球的磷光……從不　勿然憶起了前世　是今生就
在鯨豚的聲光　岸邊秋花——
豚的螢屏·　明自由的天空
的海灘　遍又遍　暗中遠遠

前世星光

因此人間
就有了喑啞的旋律
和跛著的韻腳──

──如哭瞎的眼
憶起了最遠的星光⋯⋯

二○一五年十月一日
二○一七年二月二十八日

文明的最後一聲

你

全新的你——

掀開窗簾
掀開所有夢過的
已經離開的圖書館
紛亂後的大床上

好像曾見你
然後像在飛
醒在異鄉某個
旅館房間
只記得 如已經離開
張撕碎地
上存下幾顆
安眠藥

這裡是哪裡？
走到了這裡？
人類已經走
到這裡了，但
你不妨沉睡了——如果你
「Take it or
Leave it」

他曾經和全世界最悲傷的人約在大廳
他正在 Check out

你從背後盯著他
一直看
想永遠記住這張臉——當作

當作是你對人類文明的
最後一瞥

二〇一五年九月八日

相遇

或者·
你很快就摸索到了最深處

你很為原來是了
你很快就模擬打造的世界
揣摩尋不到那只硬碟
不到那只硬碟——
最深的抽屜似的硬碟裡

你應該浮現的臉
他以為將你那個人
收存在超級為你將那個
化為容量最高像數得
因此在記何幾絡的靈魂
任你現形的人臉像檔那道
的影數位臉龐

不到那張臉向瞬
不斷張臉向瞬那個
那個臉龐形
變形那
來那道背影

你一點也想不起來
何時安裝過

更銷魂的一些互動原件……

二〇一五年八月十九日
二〇一七年一月二十五日 in Hualien

To be, or Not to be

是要死，還是要活？
在，還是不在？
是，不是？
成為，還是就是？
變化，還是靜止？
一，還是二？
既然，還是本然？
做，還是不幹？
Top，或者 Buttom?
真假？
大便還是小便？
有為還是無為？
無為，還是無所不為？
色還是空？
圓還是方（扁）？
屎，還是屁？

有氣，還是沒命？
還要還是不來了？
中間，還是旁邊？
已經還是曾經？
到底要，還是不要？
有，沒有？
是嗎？不是嗎？
你他媽的有完，沒完？

二〇一六年五月十五日

To be, or Not to be 239

偶遇

電穿牆般飛機
像受驚的鳥了
走著直線的事物都在你面前
現代「密林」
穿牆而過的網路
穿越而過的果能之士
都要在你面前
都普如何穿越？「凡屬

穿越而我選擇
時間之廣場
越過迭場縱
著古塵投下
初旗揚起的影子
老實的男女老幼
黃水的鐘塔、刑室及教堂
和一座野井之後

去遇見你。

但在陌生的巷口被人認出，可任
我回頭並搜尋記憶
每一個可能的角落
：「請問你是……？」

（對方城堡式的方臉裡有卡夫卡所不能理解的審判）

原來是我選擇如此曲曲折折的方式
走過每一個失憶症者
遺失的窗口

並順手帶走他
遙遠

的看見。

二〇一六年三月十日
二〇一六年五月十八日

（根本無所謂清醒這回事）

夢中之夢
走向暗夜而
走向黎明而
走向白晝而

你是
你知道嗎？
你說由現在往回走的
時間其實
——「……」

又很不想
儘管你並未要求
你命運你
預知的
預知已經為你掀開
——

如同暗夜裡儲管著星光燦爛月光浩瀚

畢竟，已是靈魂

無視於輝煌的未來

轉身

漸漸沒入黃昏

的時刻了

二〇一五年九月十日

落葉

街燈下
化作了一隻灰色的鴿
又退了回來
橫過街
亂過街

盤旋
又盤旋
仿佛躑躅中
低低地起飛

要回到了原地
化作一片黑霧幾乎
悲傷底
過不了街──

但這時我看清楚了
那是一片葉子
……

二〇一五年九月七日

我如何能只哭
都原來在某天
人永遠讓我知道
發生的事
地球上每天到處

天
謝謝你
讓我知道

附著——
他被發現時同樣
和個月剛好
也和你一樣
死於失去父親

我和你相反——
除了你們的屍家
和你的名字都死了
你的父親漂向
土耳其藍色的海岸

你昨天報上知道
從報上知道
你和家人的名字
你的父親向上其中一具
都叫亞藍

亞藍

而不哭你？

我知道此刻你父親的悲痛
正和我一樣；
你父親的愛你
也和我父親的愛我相當——如果

如果當初是神將這種痛徹心肝
偷藏在我們的靈魂裡
那祂一定期待這個時刻
我們粉碎而且撕裂而且頓時完全空白——

而悟到這粗暴炎涼的人世
求不得愛別離的人間
原是像我
我們這般愚癡染污靈魂的試煉場

而純淨潔白如你
早早便可返回天上——

愛你。

我們

的一切因為你

的愛——所設下界限

也給出超過自我

接受全然陌生的愛

眼中的蓋子·亞當

學習放下　我們知道

的蕃心中的我們選

離的國界要在人間

很久

二〇一五年九月四日

還是究竟
是九重天上
走在陰曹地府
鐵圍地獄
極樂世界
上帝的肩膀
天堂的天使
菩薩的淨土旁
──

究竟哪一道？

雖然絲毫看不出其中的關聯

就算好像臺看我看我看死後親屬

我如果可以
我寧願在黃泉路邊

好幾隻雞我可以
（我只相信一種嗎？）

我們
已經活在
一個萬有價錢的世界

也可以
無價
活在
一個萬物有價的世界

包括愛
可以拿來
做廣告：
親情售價

請愛用 master card ──

價錢

為父親種下幾株父親喜愛的花
蝴蝶蘭、仙人掌、純白的花大蓬大蓬地盛開——
而不要只是單調的曼珠莎華……

這樣
應該花不了多少錢？——可是
可是這是個逝死後世界
也萬物有價
你相信什麼，就有什麼價‥

「我父親的葬禮是合幣四萬五的那種……」朋友羞慚又忿忿地說。

我卻在他眼中看見
無價的眼淚

二〇一五年九月二日

第四章　夢

一個有關高音的夢

昨晚夢中
為了挑戰極限我練習高音
像某借把聲音唱破
像對某個人的熱愛。

我不惜挑戰極限高音
人的
熱愛

我從聲音的破意聲音唱成欲死狂戀
夢中我輾轉·唱意唱意唱意——仙
我不在意唱成欲死

繼續著聲音的破孔高音
再從聲音的破孔鑽進
再從聲音的破孔鑽進去

我在最高峰
高音筆裡
經過來

那兒好像什麼也沒有——
連聲音裡一道類似愛的練習

的模糊記憶都沒有。

二〇一六年十一月二十一日 in Taipei
二〇一七年

屍體

我們吃
無非是吃的屍體不是嗎？

植物的、動物的、甚至礦物的——

自然死的
不自然死的
死屍的

痛苦死的
不知道痛苦死的
我們感受不到的
或者毫無痛苦死的
總之痛苦不到任何
（反正我們吃的時候也完全感受不到）

至今我過知天命之年
大概可以堆成一座小山……

至今因為我吃下的蔬菜水果
而被毒殺的昆蟲
可以堆成一座大山——

當我才剛剛吃飽又因為
電視上的美食節目而
饑腸轆轆時
我總是不忍心讚美：

人類是多麼擅長使用水和火
使屍體發出香味……

二〇一五年九月一日

像秘密編著一袋

像樟腦一只懷爐

四處尋找著絕跡的深夜
他行人絕跡的深夜
把縮著脊背暨直衣領

或露出一絲稍解的顏
──對少許解開一顆紐扣
眼眸的狗臉──

把寵物藏在胸口──
像有些把他鼓譟的
他把他濺的心

寵物頜零食

餘溫猶存的食物……

二〇一五年十一月十四日

我畢竟不知——
手抄口袋裡
口袋裡值得我
站在天堂的門口
「？」

如果
我
所經
歷的痛苦

配不上巨石壓立即的戰車
配不上沒立即蛇的邏各
配不上蟒蛇鈍刀的兩車屐
配不上鐘飾住的刀屐的傷口

配不上道火頭兩候
配不上火頭兩候的心
配不上撕去的結

我怕我配不上
我怕我配不上
我所受的苦

我怕我配不上我所受的苦

人生意義兌現站前

漫長的排隊隊伍裡
等待
一再被驅逐回人間——我看見

儘管人人競相展示自己的傷口，畢竟
只有疏疏落落的幾對翅膀
可以終於被選中

卸下他們的
逆風

飛翔。

二○一五年十一月十二日

恐怖份子

劇院裡鼓譟
上演的裝置
恐怖是了定時
定時炸彈那晚

清自者
——抽於手機中場休息
打手場息總給文友上廁所
恐怖份子坐在前排座位

但清也許地球上並不存在
正義與公理
恐怖份子的在恐怖脆弱行過依存
理的繼續的權路心
真理的夜的堆壞破碎的夢境——

關於他們的童年
他們準了大砲管
復仇的影子們在文明巡行
仇之繼續的脆弱依存
之真理的垃圾堆裡
真理的夜的殘舊
的傳單
傳單的巷弄中
單偷偷
偷散發
……

。之後恐怖份子悄悄離開了劇院
如一把靜靜上膛的槍
不時感受到完美死亡的誘惑
他迫不及待要將生命
射向理想灼熱的圓心‥

「一切必要如原先計劃底
進行要使一切瞬間灼熱起來──」──

真相爆炸的剎那
天堂收到了無數粉碎模糊的屍塊

其中
沒有一絲一毫靈魂。

二○一五年十一月十九日

祝福

有人將祝福封入罐頭
第二天超市補入奇商品
網路瘋傳這支補貨上架罐頭
說明處：罐頭打開時你將嗅見幸福的空氣昇起。

步驟一｜你必須先去買這產品｜
步驟二｜你必須換先去棄所有關於祝福的概念
步驟三：你必須回想祝福之前所有關於他人的祝福
步驟四三：你必須想像你祝福沒有任何形體顏色的祝福
步驟三十三：……你便可以在保存期限到期前個性和實質

得到我給予的祝福。

現在
請你打開

罐頭。

二〇一五年十一月二十五日

歡慶無可歡慶的時刻

突然想要歡慶
當下這個時刻。

實在說不出——
這當下理由的時刻伯著實實需要歡慶

任何可歡慶：下理由的時刻伯著
歡慶一下歡慶

真的是為了
即使沒有什麼理由——

就像人活著。

二〇一五年六月十七日

讓那杯清水　唇印綠是　杯裡是　桌上放　入地　我把
杯清水腦不轉　是大洋了毒的漬　怕是妖豔　再放　偷偷　
水無中生斷做法　淺淺的魔所化　只天眼仔細打量　入　用忍恐　
中生出無數　的水量　的符的喝水　……　權結了身後　
——顯病毒　的　（——化的水杯　　——一個

漂浮在每杯被喝下中
病毒被無數復生出
更多人數之
人類喝水杯生出無數病毒
喝之中生出無數
下

一顆病毒

就像我的靈魂

無端生出了一顆人面瘡

二〇一五年十一月二十一日

微物之神

灌注著萬物的初鐘的顫粒·
我們從一的裂縫中透進的光
（——）
的存在

更微渺不足道
更微小
我們必定到過
自然而然地
（——）
某種自然生出的灰
只須自然而然而
自然到初牆角

甚至是不堪之摔之潰朗落
紛紛至整張餅的分崩離析
落成桌上張餅的分朋
蹑踏離析——
自然而然地咬上一口
（——口——）
無法都是這樣的
我們吃燒餅。

浮塵般的上下求索

（我們之於完整啊）

神的目光必然時時遺漏了我們
讓我們繼續碎裂下去
無止境地碎裂

直到碎裂這件事突然
也需要有個

神
。

二〇一五年十二月八日

標點

肉眼永遠無法容讀的
將是一本
而夜晚的天空將是一片沉寂的黑暗
這些星點這樣一般的死亡
人生這樣一本大書・知道是沒有
標點頻繁出像一篇冗長的
本身・我時常感覺　　我感覺我在葬禮

標點符號的出現——當我注注
泷泷閱的文字　　在腦海裡進行

——我感覺

（文彌利・秋全遜）

有字天書……

二〇一五年十二月三十日

不玩了

曾經我們玩了。我不玩了。我不玩了，你一定

斷掉總就這樣一定，你一定

習慣所有足跡和簡訊的線索

某個邊走到山裡，忘記回密的夢境

或廣夏市區的夢境

易容改裝，出走到地底天上

過著漫長久以來想像的生活

和太陽宇宙設下鐵律

但已總不懂無情照在所有的日銀夜

新鮮的事物上，新鮮

的事物上。譬如新鮮夜

我的出走。

總是不懂無情

。

我頓時感覺過去上一秒
天空飄下的雨絲
和下一秒從身上吹起的涼意

是同謀，他們共同監視
並計算我躊躇的次數
並將我的每回失神眺望

寫在人人都讀得到的
天空部落格

二〇一五年十二月

「……」
毫無概念……

沒有概念大約也是
很好事。精神能
樣罷

「很一般——
對什麼都很野生——
什麼叫做一般——」

他沒自外於野生大自然，
他受過外於一般人為教育訓練，
但

他同時和很多
他以時很多個
他其實以為他是生生是
但其實他是在個
他是獨型的青翼
無一獨旦的青螯蝗
但是
螂龍

養殖業

他很快渾身長滿柔軟的肉但
他不知肉有何用因為向來
他沒有照鏡子的習慣
還沒看清楚過自己的臉

就被人類送去宰殺了。

我
——再夢裡聽見

——當鈴聲響起
——自己歪歪斜斜的小名字

如水墨畫裡
大片的留白

或者太多
永遠不移動的
考卷的空白

而時間瞬間咚。咚。咚。
眼球咚。咚。

緩慢地從耳邊走過
繼續師雙手捏在身後

老師伸手摸在考試課嚴格的學校？
老師又把生命化做了
是我們把

分數

心跳瘋狂加速
並看著收考卷的老師
嚴峻淡漠的眼神

彷彿並不必批改
便能用一枝紅筆
將你圈在下課後

通通到教室後頭罰站
那個擁擠的圈圈裡……

二〇一六年一月十三日

在櫻桃皮與櫻桃核之間

那
應該叫做櫻桃
的肉

與豐厚，讓我嚐到了周
萬物生長四溢的柔滑
流過
仿彿一個強伏逆吃掉了那盒櫻桃

就壯美極限，和不過
草草仲丁事——
我卻櫻桃皮限。
一個強伏迷吃掉了那盒櫻桃
那盒櫻桃之間的距離——

和舌部分，我的牙
那部分肉我的櫻桃
合作無間
與美青

事後

不記得當時有任何快感……

二〇一六年一月十五日

第五章　世界的真相

考官終於找到我
內心如考卷一般空白
運達不來
一般的座位坐下來

如昔日陌生的
無人今更像廣大的惶惑
管理個曬衣場
莊嚴的考場——建築已在崩壞之中

分散惡意地珍
你身邊考場‧冷淡而自信滿滿的
的注意力圖企
激起你

充斥回當年考生
重回總是勝利者。如今
總有曾經是
你　那些靈魂
夢——
一般的臉孔

考　試（之一）

而收卷的鈴聲就要響起……

二○一六年三月一日

一　生

走在宇宙的地球上
我自許為平凡的地球人類

「」的目標
都是星體啊，神，眾生靈……「本來」

達成了月亮
一個「月亮」這個目標近乎不可能的

何謂神被的太陽繼續在此地宇宙圓完美示範
光明的圓

嘴臉

圓著一個謊……

二〇一六年三月十九日

平視

我們的平視：
與你都在甚至鳥獸蟲魚、天空
遇晚上爬起來大海——其實都與

遠遠的白雲・遠遠的原來跟你
的眼的天際線下
山星星・的心臟等高的位置——
平視處的大海
星星・等高的地方

其實都與人類的世界
平視・延伸出去看得見從自己
看得見從自己的心臟

但
我們
總慌恐
怪我
奔走
定於過度
俯視

處處自卑與我慢

和仰望之間……‧

不能如一朵花

綻放至美的顛毫

就

止於那個狀態和位置——與

真理

對望

與美並肩，並從容宣布‧‧一切

皆完善了……。那時

你只是平視

以一朵蒲公英或一隻野鴿子的

平視

在我上下求索的胸臆中

輕輕

觸及了我襤褸的心‧

的眽眽的搏動……

二〇一五年五月九日

嘴臉
290

百分之百

聽見有人在爭辯百分之百。關於這是一杯
百分之百的純果汁與否，追根究柢：
這百分之一百
「是否真的比較好？」
並衍生其他問題
像是「你是否百分之一百愛我？」不能有
百分之一的不愛像杯不純的果汁
進而可以懷疑一切
：父母對我的愛是否百分之百？
然後意識到百分之百所意謂著的
廣大的毀滅：
譬如百分之一百的國民
是否都百分之一百愛國。

二〇一六年四月十日

歌

你曾像一枝或不褪色的　甚至日子難道
你緩緩無止盡的　日子和地　難道聽不出日子
不能為你無法悠長章節　把音符　藏著一首
完美地的生命——　放在黑膠唱片
和實體人然後　旋轉的溝紋
現實押歌韻　你聽見午夜·你聽見午夜
的歌詞　你的心停　唱起來

惆悵不已。

二〇一六年四月二十日

踩著泥土發出青草的青草
每個建築上都看得見的陰影
在平民公園這個世界
祈禱讓這個世界

陽光流動的空氣

找到可以走進的時刻
黑夜裡無人的商店
祈禱讓這個世界

食物、水、進燈光
和一個溫暖的座位——

找到一個平價旅館這個世界
每個人都邏這個世界
祈禱讓這個世界

找到一張可以躺下的床
觸下在旅途勞頓中

蹲下來，摘一朵小花，一片葉子

若有所思⋯⋯

祈禱這個世界

也將我遮遍。

二〇一六年四月十六日

味道

因為什麼都是我們屬於那種什麼都能吃的人種，和某種的美味漸知吃下肚。

動物和腐爛的屍體、或植物、既然人活著不能吃什麼多麼的屍體，都是知道所有食物。和某種美味之前和從腥臭——在水和火能吃下肚的人。排成屍體之後，使我們是發出味道變形使屍體發出又髒物的，因此成為我曾經吃下肚的人。

。的人成為我曾經眼眶在水和火和菇菌——和荷蘭——一切，和荷蘭簡。

二〇一六年四月二十一日

塑膠花

在一座大花園門口，花團錦簇地
開滿了
塑膠花——這需要克服一點點距離
和時間來確認——

如同我們認真地
走近生命
勇敢走進去，確認
我們的生命裡

盛放著塑膠花
一直開到
我們的身體送去火化

一起發出
塑膠燃燒的氣味……

二〇一六年四月二十日

七秒

他們說金魚
只能維持七秒
不變的記憶
游過而淹沒的汪洋
自己的魚缸
相擁著
吸了氧氣的水
每日，重複成小小的

陌生的伙伴——
都是全新的

我們於是——再保證我們的愛
每七秒我愛你

從容內心凝視著
優雅不斷昇起的
雅的金魚

更新——次

和
疲於奔命。

二〇一六年四月二十一日

位子

我總以為我們以為我們以為時代是這樣進步的
——我們以為時代是這樣進步的
我們由老臣以為時代是這樣進步的
那塊碑——我們走邊指到過參·之後在往進步
碑跨越里程浪推前退——。

——墓誌銘

現在才發現
之後才發現墓碑占去位子
他人在·蓋是現過去未來

他們把自己的墓碑化了位子
人人已經總是墓碑化了位子
的臉

當你看著他們的臉

就好像

讀著他們的墓誌銘。

二〇一七年六月十三日

二一、鏡子

「當你坐上那個位子
你立刻變成了那個位子。」

但你以為你仍然是你。
——如你以為世界仍然是原來的世界——

你以為世界就是無數個位子。
當你以為你搶到了一個位子。

而世界的眼睛，悄悄在位子之外
瞥了一下鏡子。

二〇一七年六月四日

撿拾

我將它死在詩集當中的那一頁——
和討論著
肉體是否
靈魂是否真的
有死後的
有如一組
琴弦

我讀不下去

他猜想不到
選是隻翅膀掉落自多大的
神話防止能有如垂天之雲的一隻
能夠來幸福的青鳥？？
……

大

大暴雨後在路上撿到一枝羽毛。
不可思議底

可以彈奏出靈魂之類的問題
的那一頁——
猜想：如果

是一位天使前來尋找
他掉落的羽毛

這些問題
或許可以困住他……

二〇一五年九月一日

瑜珈（三首）

一、

懶懶地趴附身於書桌
跌撞著撞於脊椎頂端
香爛著讓護眼
氓道眼

慾望催生著夢靨

野爛疲勞忙作著
當我心情放化作者
振翅逸飛青草
使有右側高實的眼
那裂的胸血尿
助糖楚

我懂愴情怒把
念沉繫在結的衷
急躁顫繫在結腸頰
顫藏在足陽穴方
在左等三節腰椎

焦慮寄生耳道繁衍著耳鳴
殘刃穿過鏡片
隨凶惡的目光在閱讀的距離引燃大火
眼前一片頭角崢嶸

然後真的變得累了
靈魂的關節僵硬如石
記憶的碎片在行走中掉落紛紛
我彎腰劈腿做出英雄式一

身體不過是一面鏡子
死亡幽微地出入鼻孔
當手指拈起一瓣昨夜的落花
我看見春天茂盛地開在骨盆中央

二〇一一年

一
一
試探

你必須吸入一斷

不斷不斷向你的
古老渠道的鹽洞窟鯉

宇宙屁股頂高
擁抱著一星行的
骨盆中心緊縮

雙臂顫抖影子——
壯闊·再頂高·朝向

然後置在地板上
節上下滾動下

放置總有一個
能不在我體內，但

怎麼的身體的
兩隻腳在我體心？

我的重心·放在
我體中間

打圈圈·定靜——

二、

我的

並啟動這一切想像的原點
的位置，藉由不斷變換成犬

成貓成蛇成蠍子成
俯嗅的猛獸成警覺振翅的禽
成縮身冬眠的蟲變成
仰身舒倦渾身是刺的仙人掌花——

然後你累了
將你交握的雙足從打結的喉結
提高到微張如帆的唇啓
再上到新月般的眉
再昇到月光邐邐的頭頂髮丘
然後，放鬆，
完全放鬆，完完全全地放鬆

包括所有的上昇和緊握
旋轉與下垂
平衡與靜止——然後想像你走在

隱晦慈在絲之壯內的靈魂
念那裡·那正就是你內在的星空
羞在絲的正向的無限遠處——
臟腑眼——

視線且所指向的無限遠處——
台耳畀指投向靄輕指指尖矣蹀蹀骨
額頭頭線向輕輕行過左頤臉過
臉頰貼著著吻的過　：：下眼臉滑過
來。「你就只是你的身體
而已，跟著我做「是你的
你」，就是你

三、

長長的送葬的飛毯飛毯行隊伍
所有人圍住：：行
等著為你收屍。一塊的隊伍

二〇一七年五月十一日

但我們只能透過意志
和呼吸的絲線
隔著光年操縱我們的姿勢——

先鬆綁你的關節，再旋開你的脊椎
那藏匿其中的惡夢和歹念
恐懼和憤怒的體垢
業力運轉的按扭
：「釋放出來，通通釋放，否則遲早
會觸碰到記憶巧妙偽裝的痛處……」

此刻，你長在松果體上的千眼
一一睜開，當身體泛起了黑夜
你看見了情緒，霸占你身體多時的情緒家族
所共同演出的人間之戲
藉由你此生不曾動用過的肌肉和韌帶
進入你此生的最高潮——

那時你口中不自主發出　唵

你回應聽見山河大地
所發出的和你自己也發出
嘴唇發出你的聲音
就是俺
那時·你就是俺
。

二〇二二年三月七日

天平

為正義女神補用
心布蒙住他的雙眼
心如是讓心眼得開
映出世人間平真相──

當他手持公平的天平
當他出人間平鏡用
難怪他忽不忍這個天平
是多麼不公平的真相──
經歷深愛的人世

內心爭戰是如何地
映出世人間平真相──

那為何我看不是說救人──
但當眼靈魂看見救濟人──
如果眼臺臺看見救人──

顆高貴的靈魂？
高貴的浮看──
能購福──浮看擱水而亡──
福──浮看造七級浮屠？
我也蒙住我的雙眼

也看不見絲毫我能相信的因果
此刻眾神已經離棄人間
但把天平高掛夜空
明滅閃爍——

惟有死亡罷！死亡
此際死亡是一座廣如大地的天平
把人生一切秤一秤
猶如為你手中每一枚硬幣

每一枚會呈掉落人間的硬幣
重新秤上
新天堂的幣值……

二〇一五年八月
二〇一七年七月

大雨來襲

我聽見戶外淒然地
和雨聲混淹沒
望見遠方潮濕的臺
力游經地港人們
的聲的電過的對話
的電波室內空氣
的自語：

撐行人便更運鐵到的早
無視斜近站在無些地人才運晨
向落葉神馳那在路木表商店的白晝如夜
的統治的雨邊的人出現生病了似地
的下水端等情工的光事
道難線燈··公地
急逃——

難道人類不知道天氣異常
其實是人心的反應……

我們的冷漠以對
便是雨的

冷漠以對。

二〇一七年六月二日

為了成就這個大好

防癌隨時做好準備
防盜防騙防污染並注意
防曬防蟲時時刻刻
服用一個
惡地下水分的一個
補充水分的一個提醒
秒殺死

他們的話
甚至是死人的登報告
活在這時時無法忘懷的世界
——

郵寄成親切幫忙
媒體等身世上刊登各個角落的他們·
的世界·可愛分世界上
小包一包的小包巨大的好
兩露

終日一群好人
世界上總有那麼一群好人
也都要好
群好人

〈一群好人〉

不惜要求每個人捐出各自全部的

不夠 好。

二〇一七年六月二十三日

大雨之夜

它們在人儕箔的願望──放生

衝行衝遠──水分的大河生上，
目送
沉下

吸飽了澎湃的

紙艄

被風吹歪的自我

沉沱注洋中──人

載著超洋中的──雙隻紙艄

被重重載著超洋中的

在──人獨占的大床

在浮起

我終於浮起

終夜大雨游沱
洪水

而就在這大雨之夜

它們卻都一一現身

漂回原地，打轉，互撞，擱淺

或者沉沒在夢的海底墳場——

原來多年來它們的靈

都還留在原地

等待

一場夠大的滂沱大雨

大到天地玄黃宇宙洪荒

能夠浮起它們——

為了我微不足道的心願

行過遠方。

二〇一六年七月二十二日
二〇一七年四月 in Manila

那似乎是一道新編輯被　　名醫老子為教養外遇·

他似乎是一個畫面被　　久休逝人性泯滅

欲言又止的唇和一個吸引　　打開社會新聞·

轉言世界止的舌影和另一個吸

轉動言膠捲的巷口的黑風反覆摩挲

看得到你們同時轉度逐漸放慢

棒著心臟互膠互贈

下標題

然後被一顆高速飛馳過整個宇宙的
神的眼淚擊碎——

底下的標題：

××不倫戀惹議驚動全中國。

二○一六年十二月二十四日 in Taipei

外

人喜可以枝生節外　物外。

人金玉其外

總不免置身事外

喜在言外

音樓外遷有樓外樓

音自設有樓外　皆超然

山只見夕陽長亭外天　聽得

黃昏來到有人上有人

為什麼總不能
八卦外？唉，
何不置之

度外。世外。化外。

二〇一六年九月十三日‧于愛荷華

尚未達到文學的高度——人性
文學的某些人性的人性
人可以把玩。可以揭開某些
人性的真貌但也許評

文是的
從文字的
筆尖是某種書寫者
隨流出。晶瑩寶貴住以為
放在手心，逢遂歷感的
適合懸掛懸掛物
——是的

人性何是的——文學是最佳的從勢
的文學是最佳的從勢
暴行。文學從沒能
罪行
且是滑稽的從勢
——是的
止

一、從勢

自殺兩者（）

（林奕含）

你將文學武器一般投擲了出去
但你看不見標的物
也許這世界並不存在
任何你的標的物

也許文學並不適合投擲
也許文學自有他運行的方向和軌道

也許文學僅僅只是文學
一種經過許多迂迴和徹痛

才能確認的
徒勞。

二〇一七年五月一日

二、自殺

「自殺不能解決問題。」

「想想疼惜留給你愛的人。」

「想想親朋好友……」

「不要把痛苦留給……」

——「珍惜生命。」、「再給自己」次機會！」

和「防止自殺協談專線……0386xxxx」——

這些訊息言切群寄生蟲，

看著似無害自殺的新聞，

在每個寄生存的語計，

每個方才離開人間的靈魂，

顯得熱烈離開人間因此。

蒼白、臃腫，無所適從

很想回到人間
完美地

再死一次。

二〇一六年八月三十日
二〇一七年 in Manila

電視怪譚

電視螢幕上
那位每晚按時出現的女主持人
如果我沒有眼花
噢，我這位晚上
她應該已經有記錯吧?

新聞雜誌她
和藝人哈啦聊天
依舊導播了死了
主持節目的葬禮了
她了一些

她幾十年前
應該絕對不是電視主播（——）

或是進入應該十年前
科技演進是某人類伯就是自從那家
而更接近真最新肉品種有電
代最新高智能人的屍
工智慧複製人
最高智能人工智慧複製人

雖然談話內容永遠類似
但也從來沒有人質疑過她
為什麼電視千年如一日？
猶如從不曾有人懷疑

所謂
永遠。

二〇一六年十一月二十七日 in Taipei

從今天

那個幸福的人——做一個幸福的人——那個幸福的人從今天起

夢多了後來的人——個響言從今

臥軌去了。目前躺著的人——個曾流浪的人

那根天線，躺在街角的便利超商

火線。防線。此去要遠方

——「快樂——每個決定、斷了的門電擊中了坡道

本的此從每道了被燒焦

「——而電視

快樂的人：那個快樂的人

幸福的定義從房

全世界最快樂的人

正在鏡頭前

頭前

解剖他的快樂

的屍體，告訴快樂的大眾
如何將屍體做成一道菜。

二○一七年四月二十九日 in Taipei

椰子葉落

你掉落像一片人身大小的椰子樹葉
彷彿沉重的屍體——一聲
落在人行道上
鐘擺重複性的死蔭——日子凌空而降
啟動而上連續路燈

許多和他・
自己就像
已被歸過
成同類的
事物

你在四季皆暑夏的國度
是四周附近鐘般的國度
高過間距離相等的刻度
你初夏的國度、行走・路樹

跨過他
你們就會在明天太陽升前
一起被收集運走

或自動消失。

二〇一七年二月五日 in Taipei

自私論

今天我們各自
準備我們討論自私。

因而自私地陷入沉思
準備我們討論自私

只能看著穿透明的紙傘
像玩著自己能看著穿透明

最終紙傘散亂了自己的自私
最終紙傘散亂散亂了自己的自私

自己這時要試圖集中精神
偷偷放掉手中爛傘，比別人更自私感覺

做到最好的自己

「——我們能夠」

也只能
自私地
事事交換。」一直交換到

我們每個人
都拿到一手好牌。

鏡子

無論多麼雄糾糾，每個站在台
上的陽光，多麼陽光，都是站在
多麼彎直多麼無論多麼偉的
曲折折，都映著月亮的，
多麼好多麼表態，都是反映月亮的光。
多麼變態，多麼好，都反映著月亮的光。
故意討論什麼變態多麼莊嚴隆重的婚禮。
欲擒故縱都是陰險的，
詭話婚禮，式多麼隆重皆是陰險的。
性別都表態。
無論誰都。

男。
女。

二〇一七年三月十一日 in Taipei

一個好人

有
一個好人。
晴天的一個好人。
天的一個好人。
的預測五個人。
那個人·
那個人。
百分點以內。
我們叫他
好人·之外。
永遠活在陰天

溝渠裡
緩慢的臭
大量的日常的
那個人·
滋生陰影的
水銹稿
像一條存過的
排水溝——
壅塞的城市
蜿蜒穿過這

繼續蔓延在地底
像長滿黑色
卻在巫被真捲曲
生著相相
長髮
蒸煮過的水草
的屍軀
：

生活。生活。生活。
死亡的幻覺
茂密的生活裡他原是個好人
徹頭徹尾的行善捐款環保的

好人。好人。好人。
好到渾身飄滿著被詛咒的廉價香水味
總是與暴烈的陽光擦撞
至遍體鱗傷
心的迷宮裡盡是風的死角

而勤快的他總是不斷
不斷刪除昨夜電腦螢幕裡
一夜訊息滴答的積水
但懶惰的人們連一片最微不足道的
垃圾郵件

都要扔給他
讓他在和其他滿懷慈心的

二〇一
二〇一六年三月二十
七年日

智慧型大樓管
理員如此被管理
好被語資草草被處
理。好人。好人類的頭腦葬之前
。壓死。好人⋯

活理好人

先一起惡型

嘴臉
3
4
0

遊戲結束

年輪的聲音
一般擴散──

（　）
回家吃飯囉

但仍
回家吃飯時隱約聽見
媽媽呼喚孩子

便只有死惟──
老後變老──的遊戲結束
長大之後我們的塗鴉

突然遊戲就結束了。
年輪般上留下遊戲般
地上留下遊戲般
大野見四散

而至今仍然驚訝現場

有一個我

還留在原地

到現在不肯走

二〇一五年十月十五日

二〇一七年

長著翅膀的傷口

你說過去的總會過去
傷口總是會長到人生的總合
盡是現在直走到總會去
一直總會去的總合
直到人生的極空懷抱我
的翅的極空驅馳處
的飛翔總親密的傷口

讓它們學會注意隱形
或遠方的風暴寫下
或是看看傷方的關注隱形
天空尤許：看傷的地平線的雲朵
你說變方的只會了
的飛翔？……的雲朵
的翅總是完整的

那一天
就在它的傷口就此尤許
它長出翅膀的那闊我
出翅膀的那闊我也許所有的天空總是完整的

癒合的，我允許它自由
不能癒合的
我允許它降落

在它原來的位置
傳染

一些無害的死亡……

二○一七年四月二十一日 in Manila

家族合照

和他家出遊時　全都把老　總有一起來——原來——家人從來不是
總每個人都有——全都攤在自己身上似的
個人都是獨自遊時　老得最快個人最先老去
有些個人
距離

。的

又不時回頭
好像看一下可有人走失了。

三

但所謂團圓
每當我踏進家門口
總有點毛骨悚然

因為太久沒見的祖先們
好像也都來了
椅子不夠——

他們正好拿這做文章
大聲爭執。

四

全家人一起合影時
我分明覺得自己縮小了

拍照的人數愈多
自己就愈小

五

然後那張照片
總是忘在某個角落——一如
全家人只有我
被忘在某個角落

日後我看著這張
家族合照
分明這樣覺得。

二〇一七年三月十八日 in Taipei

直銷

他們說台灣至少有四分之一的人從事直銷
的意思是說‧至少有四分之一的人
的人是購買有老鼠會
身陷購物的極樂天堂一樣
不斷成為某人的下線
的下線
的下線
的下線
的下線
的下線
的下線
的下線
的下線
的下線
的下線
的下線
的下線
的下線
的下線
的下線
的下線
的下線
的下線
的下線
的下線
的下線
的下線
的下線
的下線
的下線
的下線
的下線
的下線
的下線
的下線
的下線
的下線
的下線
的下線
的下線
的下線
的下線

無止境地成為某個人的下線
直到四分之一
和其他四分之三的人
仰頭

都看不到錢堆成的金字塔頂端
無比慈祥的太陽

二〇一七年四月十日 in Taipei

切派

刀子劃下
我試圖下派刀子時
一般大

來自我圖下派刀子的兩邊
但我總聽見刀子的兩邊
一般

的碎片沾在刀雙上面螞蟻般的
像馬路兩片
油油的細小的

邊蔓延了整個邊縫起
宿命地聽見刀切市——
我疑

鋪滿手堆
抗議聲

二〇一七年
二〇一七年八月三十日

頻頻從現實的隙縫中衝出來・翻箱倒櫃

僅有衣衫相遇的北風稍暖無比

大衣和逼新初裡 那羣雜的夜空

我選擇在比星斗更繁密—— 那樣複雜的昏睡柔軟

宇宙星塵的洗——分開收藏

據說——我將是這樣記得這個世界的。

將顏色拆解了・我將 形狀・收藏・收碎了玫瑰・剖開了陽光。

隔夜之事

摔破了玉瓶，撕裂了錦帛
碰倒蓄淚的壺
打斷盟誓的鎖劫走
泥封的心——
你因而被散入千朵
彼此複製的雪花當中
——你，我，原來自同一場雪

二

（今晨大地新妝
落寞的白粉掩蓋了昨夜
鹿群奔逃的足跡
還有獵人跌落深谷時無助的表情……）

於是，我將夜留在鏡子裡
只想保住最後一朵被孤獨燙傷
不斷抽搐的燭火
好藉此看清你
你忽明忽滅的魂魄

是否會初期
在窗外出現——

我自我終於意識到你
當初曾期
在窗外出現
原不過是

於這自戀的意志
有關記憶成形
世界與靈魂
的解釋便倒影
當初曾經的意象

一切有關世界的意象的解形的倒影

此刻
正在連金剛記憶的時間
經金剛不壞的時間

那正在緩緩推移

溶化。

二〇一六年五月六日

死穴

棺材板上後人們敲　　咚咚敲打聲　　直到　　初也看不到自己
板上布滿著人們敲　　從上上下下四方　　夜晚的黑暗　　屍體行走到自己的
布滿著道—道裂　　打聲　　鋪蓋天　　不到自己的看不到
道—道裂開棺木·　　他摀壓　　暗鋪天蓋地　　看不到其他人都有他自己的
開棺木·發現　　擠壓而來　　蓋地而來　　—人類看不到自己的盲點
發現　　　　　　　　　　　　每個人都有他自己

深入木紋肌理的
靈魂掙扎的爪痕

二〇一六年十一月十五日 in Quincy

末日前

他每晚回家
門自動開啟了
冷氣
有個陌生的人
陌生的笑容
迎上前來

他
原就因此醒悟
冰箱 + 工具箱 + 收納箱 ——
貯滿燈火通明的
食・報章雜誌・生活百貨
一家家小店 ——
方圓百里他居住的城

他尚未
愁末日尚未找上家門來
碎打碎
碎片纏人
方圓百片他居住的城

：歡迎光臨
今日大杯咖啡第二杯五折喔。

二〇一六年十二月十二日 in Taipei

稱他列祖
祭拜
我們向父親的父親的父親的父親的父親

稱他太祖
祝禱
我們向父親的父親的父親的父親的父親的父親

稱他遠祖
上香
我們向父親的父親的父親的父親的父親的父親的父親

稱他鼻祖
磕頭
我們向父親的父親的父親的父親的父親的父親的父親的父親

父祖之歌

我們向父親的父親的父親的父親的父親
誦經
稱他天祖

我們向父親的父親的父親的父親
下跪
稱他高祖

我們向父親的父親的父親
致敬
稱他曾祖

我們向父親的父親
鞠躬
稱他祖父——

我們向父親，呃
現在我們不太怎麼向父親怎麼樣
每年父親節或缺錢時

二〇一六年九月二十五日・千變荷華

。

驚拍地暇他一聲

吃下去

像
互相撐背的猴子

多時在卡
然後有人為我掙出那一根

吃下去——
一時周圍不能決定要不要

你從鼻孔
用食指和挖出鼻裡
那團暗色的鼻屎

吃下去——
誰知又送進嘴裡

露出嫌惡的表情
抓他從牙縫裡
挑出了小塊肉末

嚼嚼

一時
抓住了什麼蟲子跳蚤鹽粒細微之物一

即使並不飢餓
這些
我們都若無其事地

吃了下去

二〇一六年六月十九日

手機時代

我們走到了這個
擁有的手機的這個時代
的手機的廠牌．型代
這個廠牌．型號

編年。

編輯
記事：以手機出現的問題
。燃燒。爆炸的問題
燃燒。爆炸
個資洩漏
個資洩漏。

二〇一六年十一月十
五日

等待安眠藥

漫過這邊灰　待雨絲
藏在前額大地，有輕輕繞住
溢流成渠成快
每一朵正朝人天體的天線遠逢升起——
高剔即額的天，有人遠逢升起
向人類的觸鬚
現大達的身體向人類走來・探測
探測的臺測——
但恐怕只是

拈憶最後一盞心火
無比篤定了——
像吞下到了全世界都該服的乾
終於在無夢的乾燥荒原跋涉
我在無夢的乾燥荒原跋涉
顯安眠藥的上床的時刻
樂的失眠上床的時大久

窗內四下埋伏的月色
擊斃了夢境，隨後
又連續絞殺了顛頂而至的

不斷用荊棘刺傷自己的
現實……

二〇一六年一月二日

黑市

但在裝在至今人在這麼有光挨下來夢……
用拿肉但他是顧名思義
但他眼是黑色的。
強烈碼，世界上只有汗水換在這
在至今人在這麼有光挨下
汩汩屬於過程鑄造了你看不見
費儉是過程鑄造了白晝裡
有人終究價的仿佛到光難道美
簡繪是過程鑄造了白晝裡
夠人的修補瓶明──平價的交易
我們的市集──人買得起
說謊稅的修辭

二〇一七年十二月于 in Taipei

他緊緊咬住我舌頭

包括先天性人格障礙症。」
「我真的有病　請你證明我有病！」他說

「活」別輪迴
真的死人
初生嬰
粗粗走進診間
我請求病危的
「——

妝飾出生存的每一顆
妝世妄念從
肉體動盪的煙火
邊緣老去的
太平盛世⋯⋯

呵護。把我們的身體放在顯微鏡下
僅僅允諾你陳舊的活——一世
DNA

現代性的乖離

不露痕跡地
從懷中取出展示用的玫瑰

然後用塑膠的刺
沾一點

哀嚎的血。

二〇一七年二月十六日 in Taipei

包圍著某一
稀釋過的
無所不在的霧靄
不清澈的困惑
一個聲響
不告而別的
早晨
——

我們雖然所終於
和我們自己以為
相我們不知下來
本來就是天命回溯
是連體嬰
的時刻

斷續的許多細微
生命始風終
的雜音——
做的和
終聽不止
岔縫

我和在耳朵
逆風相遇
在朵維
相順風終於
的和
岔縫

不逾矩

我們握拳蜷縮試圖

站立，睜眼，滑出
時間孤懸的子宮
看見一個從心所欲的小孩
像老邁沉默的先知
邁出
堅定大步

穿過眾人任意睡倒的廣大草坪
指著遠方如蛇昇起的風箏
大叫：

不逾矩，不逾矩，不逾矩……

二〇一七年三月二十四日 in Taipei

萬物向後傾倒。

向後傾倒時間回住　速度。我把起街道和轉木和行人和

傾倒——我挪——把鏽的穀粒也向後

正好像坐在顛簸在某幾壁——未未當列車疾停！同時又挪動椅子　人不可能坐在椅子

坐在我身邊的孩子——。　挪動椅子上

但我想停！

我想停！停

傾倒讓滿天的鐵鳥雜錯飛落攤開的手掌

日日月月，星星一般密集的人造衛星
圖釘般釘滿藍天，釘住

不讓我一窺藍天背後
廣大黑暗的秘密

。我想停一停。讓疲憊的肚臍
不再漂浮呼吸之海

起起伏伏。
讓風暴棲止在書某遠方

只留幾朵被不詳的
被預感染黃的紫氣形雲

預告神仙或幽浮的或將來到
或已經離去——

我們坐在用用開開關旁的座位
想像椅子已在懸崖邊

試圖自己挪動。我
坐在椅子上

椅子
想朝懸崖邊緣更挪近一吋

——而那時，我剛好
想停一停。

二〇一六年八月二日
二〇一七年三月一日 in Taipei

文章憑往

文章
他寫下在一張一
興奮地一句一張紙上
天

無比清晰每是
並硬是——
不畫——
興奮地一句一
反動標語——

那些揮灑自
這張風吹
過眼前
批判它

此時他喜
而無比清晰每是特
那些揮灑自
這張風吹
過眼前
批判它

是他寫的的。
此時他卻都無個個
義正詞嚴地精神性
的指著他懺
是他——

二〇一七年三月十二日 in Taipei

原諒

究竟⋯
想著：

又回頭多看了他一眼
離開面前
初初學步的孫
的幼獸走來

身上因為黏著褪色的毛
四處黃色而脫落的
發出內心不悅的味道
的巨獸老了

我們這段張愛
因為了解⋯⋯所以慈悲
——「

——崎駿
《幽靈公主》

（內心能夠強大，才能夠寬恕⋯⋯但必須更強大，才能原諒。）

何時可以吃掉他。

二〇一六年九月二十日
二〇一七年三月九日 in Taipei

又意味深長又冰涼——只是我們的公平

命運向我們所指：
意味深長的引號在堅壁上所有的標點符號
那加了其他世上所有的公平，我們經常視而不見
才知道世上所有的公平

又發生，所有的發生都在那裡
正在發生的，如其他世上的音
如春草一般，你快看：「——
恍如春草那裡的蹤原始處

陽光像草上的露珠
優不上的
恍如露珠
一夢

「公平」

時間排排坐在那裡打盹兒
之後你坐上毫無「公平」可言的公車
命運的巡簪在返校巡每個座位上的
唾手可得的引號，指著你：你，
你攜帶的公平超過標準……

你懷抱著個人微弱的公平
好整以暇地微笑

對著山川日月朗朗乾坤
完全明白你正在經歷

一個無比清醒的夢魘。

二〇一六年五月五日
二〇一七年二月九日 in Taipei

有時我是一片大陸
容讓他們各自擁有
各自山嶽·河川，舒卷自轉
擁有各自悠遊的時間
豢養的所有生物

有時我是一座孤島
被海洋·無垠
經過的絕對的藍

我像乾脆有聲音
有時打上岸
每座島都告訴我：如果
最遠的島都是相連的
一朵
浪花

有時

註定安靜的消失
並抹去那決意
浮出水面的眼睛的

隱形的淚。

二〇一七年二月八日 in Taipei

寵物

人因為養不起
一般的寵物。或說
只好養隻寵物。

大可以完全投
渴求大圓滿
他籠絡他模仿的眼目自己——
悅他悅己——
望著你

你處處訓練有素
你從來早是你的
如此你不曾
被馴服楚教的
感受養的
做人成果——

和
而且絲毫毋須擔心背叛
競爭。

你懷抱著一個縮小版的自己
第一次發覺

自己
如此可愛。

二○一六年五月二十一日
二○一七年二月二日 in Taipei

那一代人

不讓我們看見描著物

那一代人

然後轉身埋下一些事

用身體下一代人……

時代不同了・應該是要向前看了「

」我同意

只是懷疑

他們是不是偷偷埋葬了我。

二〇一六年十二月二日 in Taipei

大包裝時代

這是個大包裝時代

爭先恐後包裝

或要被包裝

任何國家・政府・企業有錢許多的人

女人美・男人帥帥婷婷

有肌肉柔蠕

做到皆致力努力盡全力

皆致力盡全身靈

詩的清明風月

的字裡行間

繼續在

我也值得被包裝——我！

樑柱上三天三夜的音樂
人間的真　相　遇時
的靜默，他們

他們都爭著包養我。

二○一五年十月十七日
二○一七年二月一日 in Taipei

或挖鋼成
好吃腐餅的
恣然猛吃的
支尾的泥土的臉形
埋伏的舵卸
的蟲子
——

運動身塑
排汗汗杉
飲料加高蛋白搭配名牌球鞋
在論加勁
做藝術上呈現為
白蛋白健球鞋
尾——

汗水噴出了
噴出了有人像等養腔
很包换了似制服
地晚上健身房
淋淋的
汗淋淋的魚

都發現得大師有個
不時師腔腔了
市腔了什麼
無誌論做什
草百井姓
昨大師

初今是
做什麼

而我
默然想起，健身房裡

我不過想像個孩子
找個野地，好好撒個野……

二〇一六年五月二十一日
二〇一七年一月一日 in Taipei

無聲

舒伯特無與倫比的
魔幻指尖滑行至這裡的旋律
停住
停住

靜默總能以對的時刻
但我們身在對的時刻——
的人生。絕對
隊伍如此冗長

只能靜默的時刻。
靜默總能靜默的人生。絕對

即使你如此
回頭——此時
眾人推擠・

與命運最輕微的
微的交頭接耳
皆成

轟然平地

一聲雷。

二○一六年九月十九日

第十六章　恨

故名：

我猜想我是
（目光所照所及）所有
思想在
所有人藏身之
纖維不到的小人的地方
犯的地方（犯的人必然

他不留起足跡
是世界的鏡
地上不留足跡
的鏡頭瞽瞽只在
失焦的灰霧
失焦的灰霧・伯
其實

鑽進我們從我們有個但充滿
進我們股底下的椅子——
此刻乎真克但充滿
個小人噯噯味的
聲音洪然立
似乎真克

你今年犯小人」
噯噯味的餘韻躡躡……
的飾鑽躡躡
他說
「……他說。

小人

小。小到日常裡你從未察覺
像糖罐裡少了一粒鹽
那般不易察覺
地小，小到正午的陽光也忽略他
小到無法接受你任何形式的
愛，誠懇，和信任

小人是冰冷的，煥散的
不知道自己已經變成鬼的

縮小的人。

二〇一六年四月一日

有人動輒人嫌
有人編正，正編

在不分人的中文世界
而小人正好待逗

除非發明「小人籤」
否則我們永遠看不見月球的背面

試問世上誰不犯？
這說法令人困惑但無可辯駁

我命中節鐵口直斷

之一

犯小人（三首）

惟有小人
能夠既端端正正

同時又明豔動人，無比嫵媚。

之二

命理師鐵口直斷
她命裡犯小人。

這說法令她困惑但她並不辯駁
她點頭付帳轉身離開

之後她些微煩躁往事齊上心頭
誰誰誰誰都曾對不起她

「世上小人可真多呵……」她嘆息世道險惡人心不古⋯⋯
真該有人發明「小人貼紙」

否則永遠看不透人心的黑暗面──

你｜
總在你沉默
臨的背後，生活在每一道打開的門

那必然曾經
放高利貸者
特有的
和氣蒼蒼

閃而過，留下目光的餘角

一種小小的生物，
深邃小的犯小畜：
我們理解師範鐵口直斷

之三

二〇一七年十二月四日 in Taipei

她又齋又燜彿
她曾見她笑容慇
當她吃扁她答從總
她身後從僵便
的貼鏡的鏡子前移開
的紙移開。

端正又明豔
如狙附在人間這塊勞苦的骨頭上

且還要不時在腰上
綻放幾朵豔豔的

須每日餵食良知和人肉的
人面瘡。

二〇一七年一月十四日 in Taipei

我們教養，教人是人類存在的精華」「……

衍禮」

我們衣冠楚楚

之後如此酖大醺眠

醒覺在人間：

就若一絲絲

我和梅地球及達成約定

起毀滅。

「——說謊，改變心意

而且謷謷

發名蓋章，我們不停簽名

簽名蓋章

手發蓋章

然有振振有詞

人間失格

微笑・退讓・欠身・說感激

完全忘了
發願自願重返人間的

只有厲鬼。

二〇一六年五月十四日
二〇一七年一月二十五日 in Taipei

我想說個謊

編條像等著一件謊言

深直圖一路出活完美過著·渾然天成

再直躲過躲一點點完美地以為無縫

深到過自己這躲過誤小地以為無縫渾然天

到躲布置也被誤那故話在真的天衣

一則不來了也躲過導線的事活有如天衣無縫

自躲因為但誤導線道人如此

克克因為誤導線大道周此

美的謊言就天到線企

的謊言。

二○一六年四月十六日

鬼使

或顯靈為煬瑒幝——只衝向祢的
——一顆墜陸的
——一朵淡藍顯靈

從天而降
張遊路苦半乾燥的風景。
祢的航尋嶹踉的雲天災
的輪子——
的雙翅膀
具著熟的市招籬
著熟的壁虎

為繼續顯靈
將在祢的許多糾結
留下的許多先身後
世多冤親債主……「還有
他們

或四散的蜘蛛屍體。或一個理所當然
攔住道路的銳利想法
一陣沒由來的琥珀色情緒
毫無惡意的程式

甚至是複製人掩藏的動機或理由——
像雨後黃昏
垂掛天邊的黯褪彩虹
你絲毫未察
便已成為一顆逆向旋轉的螺絲

那麼淡然溫暖的殺機，處處
指向鬆動和脫落
的

凶器。

二〇一六年三月十二日
二〇一七年一月十四日 in Taipei

鬼使　4／3

讓可否允我默然
穿過萬事萬物的周時的間的間隙簾

我祈求默然無語的管天和大地
青掌掌管轉移蒙敝管我偶然
爬梳人類時空的眼界的魔鬼
轉移蒙敝點燃氣界外大神
明點空的靈界的高靈
——

我求求那樣路邊跪下來
激動誘語可疑的乞丐
我需要一個徵兆。
我‧說‧於是

兆

去覷見我的明天，或是死神
的秘密房間裡的一小角落：「我只需要
一個徵兆
盡管極微弱、曲折、遙遠，
我好走出下一步……」

於是下一步
我走在天地萬物，上下四方，分分秒秒裡
徵兆鋪天蓋地而來
雲在青天
水在瓶
都是

——我看見一隻貓
從老鼠潛行的地洞鑽出

發螢光的大眼裡
盡是我生生世世祕藏的

二〇一七年
二〇一六年四月二十日

……全人類的恐懼

這些
難道人類不知道

被修改腔調成
完全官方說法之後——

陳腔濫調來不及完成的愛
未完種百孔—次就毀色的愛
仿佛冒旋轉出道裂的愛
高速運轉太久發燙吱嘎味的愛
放置太久發出道裂味的愛

不稍有點見人在哪裡
稍有點班在談論愛
無論走到哪裡
都聽見有人在談論愛。
殘缺的愛

恨

都是恨？

二〇一六年五月十四日

二〇一七年一月十四日 in Taipei

恨 4／9

你看得到鬼嗎？

黑暗看得見黑暗嗎？「」你看得見黑暗嗎？如果看得到

就好像看得上讓黑暗看得見你鬼便會看得見你鬼便看得像看得到你鬼便看得到

便會欲身看過來，在你過身上下
摘掉你背後上的緣息，若有所思地
解開你背心上的嗅著，嗅過身
吃著嗅會敗身看過見你到你

像頭要你只是著——
有你會穿著暗著著你
你的全部房間裡的
的全部房間裡的一面鏡子

你想帶到另一個世界的全部所有
以及藏匿其間的
一張鬼的臉孔

上頭一顆淚光
一閃而逝⋯⋯

二〇一七年六月六日

我們終得以識得魔鬼的模樣

透過這準星
看見了我

這這一個人、
他的右眼

撫摸應當曇花
摸該我們風
說們做著魔
麼做著我鬼
的著我們的
事我們這日
我曾個子
們試白、
曾指色表
試著的情
指板街絲
著的角毫
樣 沒
 變
 ——

如果我們做過
有幸活過了某些事
在做過了某些事之後
總會聽見人們說：
人是會改變的
年復年體之後
是會改變的
……

二〇一七年五月二十三日

原諒我無法不以人廢言

王爾德說只有膚淺的人才不以貌取人。那麼—
也只有極膚淺極膚淺的人
才不以人廢言

他說話時臉上浮出一張
嘴臉
那神氣—

我怎能夠只白紙黑字地認識他
讀完他的作品
聽完他的話

而絲毫不介意
他生得那麼醜

二〇一七年一月一日 in Taipei

嘴臉

突然露出所謂的嘴臉
笑嘴臉，就匆匆洗掉
才不及一瞬的
誰知今天早晨鏡子裡
午然又湧現許多沒見過的嘴臉
他竟然又

甜美地一萬地草誠並
百分之　　抱怨
橋墩偵美地：

這麼多如
何用待掉？

二〇一五年十一月二十八日

你卡陰天的　　黑黑渠渠維梅　　如果會吃會成就一卡　　非常容易就
和你的陰，　　新結維梅心靜　　即集街體坊就卡到陰　　經常我們
你的影隨　　　沐積柵而無聲是一條善的　　　　　　　　卡到陰
影子結天的　　管器的　　　　眼球喝　　　　　　　　　　　
結為莫逆的鬼　管的湯　　　　肉的好人　　　　　　　你‧我‧我們卡到

卡陰

教壞影子離家出走
追求影子自己的影子的
影子——

卡未知的陰——
你只是無端瘦了三點三五磅
每天不斷手淫五至七次
連續三個月後你突然通曉天語
點石成金‧觸水成糞

卡自己的陰
你的前世是領了地獄主令牌
的小衙蓮花道場護持黑風起屍鬼王大將的
第一功德主——
你想卡誰的陰就卡誰的陰
你愛附誰的身就附誰的身
你愛當誰的冤親債主就是誰的——

但你‧我‧我們

。陰

我極珍惜
活樂福，
的・你勇往直前・死
死　解脫

我們卡不到
不斷感謝是福得
感謝祝福的功課
感激和感恩

世間的人擁有的正確的
地如此地

我們如此奮發，陽光燦爛如此
平和・此天同上
我們卡到

卡從來不
什麼獲得自己
陽光燦爛如此是卡陰
地・天同此我們是如此完美守紀

二〇一七年五月十八日

我不認耶穌

我不認耶穌。我只認
經常圍繞他身邊的那些人：

盲人‧妓女‧稅吏
窮人‧漁夫‧癲癇病人
文盲‧殘障‧愛滋病感染者
同性戀者‧變性人‧原住民‧街上遊民
絕望者——絕望中
仍保有尊嚴和溫柔者

我們只能從他們身上
認出耶穌。

二〇一六年五月十五日

（兩者不差一分一毫）

這個世界強迫應該必須
強迫這個世界
迫世界
我們

別人能是只能是好
這個世界強迫於是我們又有了應該
我們強迫他應該

我們每個當下只能是
我們只能是好，只能是
只能是對只能是水遠對
是無時無刻請注意在做自己認為是對的事

是無時無刻。
我們每個人都是永遠對上癮
的分分秒秒。只能是對生存上癮

大師開示無時無刻請注意在做自己認為是對的事
「……」人

對之強迫症

應該這與應該那
我們強迫天空是藍的地球是圓的
白雲是白微笑是真心
我話是對是好是惟一是應該是必須—

我們是毫無自覺的強迫症患者
我們在大腦每個角落清掃
檢視，持著伸長的探測器
不許一絲曖昧的虛無
灰色的小蟲
寄生在荒敝的現實裡

我們每天在心裡進行一次殺戮。大規模
又具毀滅性地
消毒，不放過
任何一顆不確定的灰塵
我們事先假定他們都致病有害

是干擾我們脆弱存在的過敏原

對。

如死的魚
逐日泛起的魚眼
焦灼的水的圓睜
此地此地
確定確定看見

如魚離水（如少水魚）

必將如魚以為是水
如魚得水必得是魚

我們必須置疑和驟言：

毫無瑕疵
無新無暇
每一分每一秒

我們逕自不斷抹去
我們的塗鴉
每一分每一秒都簇新
不樂見的指紋

二○一七年八月十六日

人間沒有永遠可以保守的秘密？

秘密永遠逃不掉

將找到出口的
秘密藏在心
於是只好

身軀高溫
熅在棺材裡
沉睡
時間中
化成灰燼

與腹之間

只好讓它
切開
開肚皮
——

某些事，
無人知曉，
我曾答應過的

秘密

塞進腹膜底下
迷宮一般的迴腸與脂肪裡

然後再一針針完美地縫起
但每一道傷口
都是吞下秘密後
劇烈發炎

想要吐出大量膿汁的
嘴。

二〇一七年八月十四日

法則

儘管某些存在是否有無足輕重
我想無對錯或者

或世界上存在一些法則或是
有關我群焦的運行
某在一些是了法則的
些人輕重的數
群的運行在法則
我將獲得某些法則

及些法則的
的消散或這些
只想知道或無關

法則或是否
觀的渺小而
道我的月亮是否

的解犯就已
的高歸無關乎世界
世界的真相

即關從或總
服從或這
推移相

於終者
的法則

有人卻彎曲以終

有人失心發瘋；有人喃自竊喜
一點一點餵給人間一點毒
有人彈起竹簧長大古說是的
我愛你我愛我愛我愛愛愛——

我想知道有人如此輕易
就嘔吐的法則
我想知道嘔吐至黃膽盡出的法則
我想知道嘔吐至氣絕身亡的法則——
我想知道有人俯身
吃掉地上
別人的嘔吐物的法則

我想知道你永遠不嘔不吐
行在被嘔吐物層層覆蓋的

世間
的法則。

二〇一七年八月九日

國家圖書館出版品預行編目（CIP）資料

嘴臉／陳克華著. -- 初版. --
新北市：斑馬線，2018.10
面；　公分

ISBN 978-986-96722-5-2（平裝）

851.486

107016702

嘴臉

作　　　　者：陳克華
主　　　　編：施榮華
書封面設計：吳慧雯

發　行　人：張仰賢
社　　　長：許　赫
總　　　監：林群盛
主　　　編：施榮華
出　　　版：斑馬線文庫有限公司
法律顧問：林仟雯律師

斑馬線文庫
通訊地址：235 新北市中和區景平路 268 號七樓之一
連絡電話：0922542983

製版印刷：龍虎電腦排版股份有限公司
出版日期：2018 年 10 月
再刷日期：2018 年 10 月
ISBN：978-986-96722-5-2
定　　　價：350 元